Mein (ganz und gar nicht) grandioses Schuldrama und andere Katastrophen

Bibliografische Information der Deutschen Nationalbibliothek
Die Deutsche Nationalbibliothek verzeichnet diese Publikation in der Deutschen Nationalbibliografie; detaillierte bibliografische Daten sind im Internet über http://dnb.d-nb.de abrufbar.

MIX
Papier aus verantwortungsvollen Quellen
FSC® C083411
FSC www.fsc.org

Titel der Originalausgabe: My School Musical and other Punishments
Die Orginalausgabe ist erstmals 2014 bei Nosy Crow ® Limited, London, erschienen.
This translation of My School Musical and other Punishments is published by arrangement with Nosy Crow ® Limited.

Text: Catherine Wilkins
Übersetzung: Christine Spindler
Coverbild und Innenillustrationen: Sarah Horne
Covergestaltung: Graphisches Atelier arsEdition

ISBN 978-3-8458-1024-9

www.arsedition.de

Catherine Wilkins

mein (ganz und gar nicht) grandioses schuldrama

und andere Katastrophen

Aus dem Englischen von
Christine Spindler

Mit Illustrationen von Sarah Horne

arsEdition

Nur für Rich.
Bist du jetzt glücklich?

C.W.

1. kapitel

»Kann ich euch jetzt endlich etwas über meine großartige Idee erzählen?«, frage ich. »Ich habe nicht allzu viel Zeit.« Ich bin sicher, dass ich das nicht arrogant, sondern höflich formuliert habe.

»Hört mal, wer sich da schon wieder aufspielt!«, meint Joshua lachend. Scheint mir wohl doch nicht gelungen zu sein.

Manchmal finde ich es anstrengend, ein Genie zu sein. (Natürlich weiß ich, dass ich vielleicht gar kein Genie bin, aber ich habe irgendwo gelesen, dass man so tun soll, als wäre man eines.)

Ich versuche es etwas verhaltener. »Wir streiten uns immer wieder aufs Neue darüber, ob wir den Preis für den Comic erhöhen sollen, und ich muss euch –«

»So sind nun mal die Regeln, Toons«, unterbricht mich Tanya Harris. Dann deutet sie auf den Block in ihrem Schoß, als handle es sich um das Grundgesetz, dabei stehen darin nur die Regeln, die sich vier Elfjährige für einen frechen Comic über unsere Schule ausgedacht haben.

Ich finde es ganz schön dreist von Tanya, mir etwas über Regeln erzählen zu wollen, wo sie doch selbst vor Kurzem noch das frechste und furchteinflößendste Mädchen an der ganzen Schule war.

Ich frage mich, welche Regel sie wohl befolgte, als sie Mrs Cole ins Gesicht gespuckt hat. Oder als sie Amelia immer wieder Kaugummi in die Haare klebte. Seht ihr? (Ich werde sie das aber bestimmt nicht fragen, ich bin ja nicht verrückt. Sie jagt mir immer noch ein bisschen Angst ein, obwohl sie sich jetzt als »Unternehmerin« bezeichnet.)

Aber ich habe für all das keine Zeit – ich muss ins Klassenzimmer zurück und Amelia stoppen, bevor sie etwas tut, das ich bereuen werde. Oder ihr helfen, es nicht zu tun. Was ich damit meine: Ich muss sie stoppen, bevor sie wieder einen riesigen Fehler macht, was letztlich ausgesprochen zuvorkommend von mir sein wird. Man bräuchte ein Wort, das genau das bedeutet: stoppen und helfen. Stelfen? Ich muss Amelia *stelfen.*

»Wir haben alle auch noch andere Sachen zu erledigen«, sagt Joshua. »Morgen findet das Vorsprechen für das Schulmusical statt. Ich könnte meinen Text einstudieren.«

»Du … du *sprichst vor*?« Ich kann meine Überraschung nicht verbergen.

»Ja«, erwidert Joshua.

»*Wirklich*?« Ich schätze, ich klinge wahnsinnig erstaunt.

»*Ja!*«, wiederholt Joshua verärgert.

Ich habe mir Joshua nie als einen Kerl vorgestellt, der singt und tanzt. Er gibt sich immer total cool, als würde er über allem stehen, hebt ständig die Augenbrauen, ist groß und spielt in der Basketballmannschaft. Ich kann mir einfach nicht vorstellen, dass er gerne im *Zauberer von Oz* mitspielen möchte.

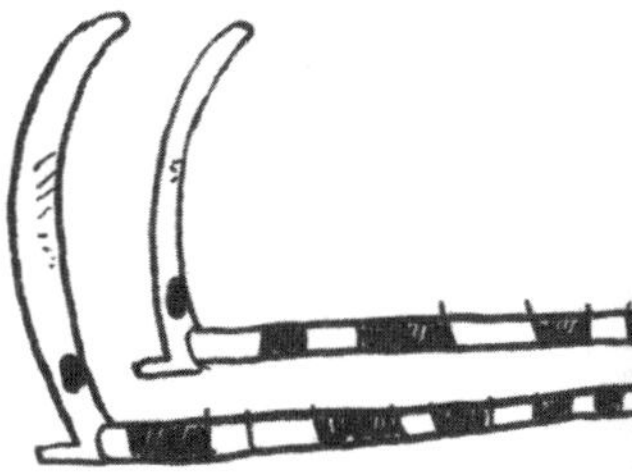

Ich meine, er steht auf Comics! Also, echt jetzt. (Es war sogar seine Idee, dass wir einen eigenen Comic herausgeben.)

»Jessica, du bist doch diejenige, die das Treffen unnötig in die Länge zieht«, unterbricht mich Lewis. Die Stimme der Vernunft, wie immer. Lewis ist ziemlich übergenau und schüchtern und zeichnet tolle Cartoons. Wir beide steuern die meisten Zeichnungen bei.

Wenn ich groß bin, möchte ich Cartoonist werden, genau wie mein Held Matt Groening. Oder wenigstens irgendein Künstler, der zeichnet. Aber das spielt jetzt keine Rolle. Ich darf mich nicht von meiner eigenen Genialität ablenken lassen. Hm, Lewis hat recht. Ich ziehe das hier in die Länge.

»Okay, okay«, sage ich. »Tut mir leid. Dann machen wir jetzt mit den neuen Ideen weiter, ja?«

»Nein«, sagt Tanya. »Wir sind noch bei *Vermischtes Geschäftliches.*«

Ich seufze und schaue prüfend auf meine Uhr. Womöglich stimmen sie genau in diesem Augenblick ab: meine beste Freundin Natalie, meine beste *Freindin* Amelia, Cassy und all die anderen …

»Also«, tönt Tanya. »Gibt es etwas Geschäftliches?« Stille. »Okay, dann machen wir mit den neuen Ideen weiter.«

Endlich. »Gut«, sage ich.

»Warte«, befiehlt Tanya.

»Worauf?«, frage ich.

»Hat jemand neue Ideen?«, fragt Tanya.

»Ja, ich!«, rufe ich wie wild.

Tanya bricht in Gelächter aus. »Es ist ganz schön leicht, dich

zu veräppeln, Toons. Klappt immer. Du solltest mal dein Gesicht sehen.«

Ich ärgere mich, weil auch Joshua und Lewis amüsiert dreinschauen. Ein Teil von mir möchte aus der Lese-Ecke vor der Bibliothek stürmen, aber ein größerer Teil von mir versucht, nicht loszulachen.

»Der Brüller«, bemerke ich trocken.

»Na, komm schon, raus damit«, sagt Joshua lächelnd. »Erzähl uns deine erstaunliche, fantastische Idee.«

»Nur damit das klar ist, ich habe nur gesagt, dass sie großartig ist, weil sie großartig *ist*«, bemerke ich. »Aber ich kann nichts dafür, alle meine Ideen sind großartig. Es ist ziemlich einsam an der Spitze, wenn man ständig großartig ist.«

Joshua kichert. Lewis runzelt die Augenbrauen und sagt: »Ich dachte, du hättest es eilig.«

Ach ja, stimmt. Amelia! Ich komme wieder zum Thema. »Okay. Meine Idee heißt *Das ultimative Elternhandbuch*. Es ist eine Art witziger Ratgeber für Eltern, mit Ratschlägen wie: ›Gib deinen Kindern immer Süßigkeiten, dann sind sie glücklich.‹ Also im Grunde genau das Gegenteil von dem, was meine Eltern ständig machen.«

»Das ist sogar eine richtig gute Idee«, sagt Joshua und grinst übers ganze Gesicht.

»Ich liebe die Idee!«, ruft Tanya. »Du hast es wieder geschafft, Toons! Treffer, versenkt!«

»Ja, das hat durchaus witziges Potenzial«, fügt Lewis gelassen hinzu.

»Man könnte eine ganze Serie daraus machen!«, meint Joshua

begeistert. »Mit allen möglichen anderen Titeln. *Das Lehrerhandbuch* oder –«

»*Das Coolness-Handbuch*«, wirft Tanya ein.

»Jep!«, stimmt Joshua zu.

»*Das Lehrerhandbuch*: Regel eins«, witzele ich. »Unterbrich die Schüler nicht, wenn sie reden.«

Die anderen lachen. Ich liebe es, wenn sie über meine Witze lachen. Und so entwickeln wir gemeinsam unsere Ideen. Wir sind wirklich ein tolles Team (wenn man von den ganzen hitzigen Debatten mal absieht).

»Hey, wie wäre es, wenn wir alle zusammen daran arbeiten?«, schlägt Joshua vor. Ich schiele wieder auf meine Uhr.

»Sicher«, sage ich. »Aber erst beim nächsten Treffen. Ich muss jetzt wirklich los.« Dann mache ich mich aus dem Staub und düse in mein Klassenzimmer.

6C

»Okay, was habe ich verpasst?«, frage ich, als ich keuchend bei unseren Tischen in der 6c ankomme.

»Äh, wie wär's mit: alles?«, erwidert Amelia verächtlich.

»Du hast die Abstimmung verpasst, Jess.« Natalie schenkt mir ein betrübtes Lächeln.

»Oh Gott.« Stöhnend halte ich mir den Kopf, dann sehe ich wieder auf. »Und wie heißen wir jetzt?«

»Halt dich fest, wir sind die ›Dramatischen-Ohnegleichen-Originellen-Freunde‹«, antwortet Emily. Bitte – was? *Nein*!

»*Originell* habe ich beigesteuert«, verkündet Amelias hochnäsige Freundin Cassy stolz. »Ich finde es wichtig hervorzuheben, dass wir einmalig sind.« Sie lächelt.

Ich kann mich nicht beherrschen. »Ihr Idiotinnen!«, entfährt es mir.

»Wie bitte?«, blafft Amelia mich an. »Erst kommst du nicht zu unserem Treffen und jetzt beschimpfst du uns auch noch.«

»Ach, Jessica ist nur neidisch, weil sie darauf niemals gekommen wäre«, fügt Cassy selbstgefällig hinzu.

»Die Abkürzung davon ist DOOF!«, rufe ich. » DOOF soll unser neuer Bandenname sein? Ihr seid totale Idioten. Ich habe euch doch eingebläut, genau zu prüfen, ob die Abkürzung nichts Bescheuertes bedeutet.«

»Nun.« Amelia hält inne und wirkt einen Augenblick lang unangenehm berührt. »Man spricht es ja nicht DOOF aus, sondern D.O.O.F.«

»So schlimm ist es jetzt auch nicht, Jess«, sagt Natalie, als wir nach dem Mittagessen ins Klassenzimmer zurückkehren.

»Außerdem haben wir dir mehr als rechtzeitig vor dem Treffen Bescheid gesagt«, fügt Amelia eingeschnappt hinzu. »Du warst doch diejenige, die sich immer über den alten Namen beschwert hat. Wenn dir das so wichtig war, hättest du nur da zu sein brauchen.«

Also wirklich. Um alles muss ich mich selber kümmern. Und jetzt sieht man ja, was dabei rauskommt, wenn ich nicht ständig da bin und auf alle aufpasse.

Ich seufze hörbar, als die übrigen Mitglieder von DOOF ins Klassenzimmer zurückkommen. DOOF, ehemals GUF. Vormals ACE und CAC.

Nun ratet mal, welcher Name von mir stammt? ACE. (Danke

sehr.) Er stand für »Außergewöhnlich Clevere Einfälle«, denn ich weiß, wie man brauchbare Akronyme bildet. Und Amelia hat es immer noch nicht kapiert, obwohl sie zu den Klassenbesten zählt.

Ich weiß, ich hätte da sein sollen. Ich wusste, sie würden vergessen, vor der Abstimmung wenigstens zu *checken*, wie die Abkürzung für den Namen lauten würde. Amelias Erfolgsbilanz spricht für sich. Lassen wir dabei mal für einen Augenblick die Tatsache außer Acht, dass sie die geheime Bande mit Natalie zusammen überhaupt nur gegründet hat, um *mich* auszuschließen. Ihre Namenswahl war jedenfalls immer schon schrecklich missglückt.

Ihre erste Bande hieß Coole Abgefahrene Chicks, abgekürzt CAC. (Was sich meiner Meinung nach anhört wie eines der weniger schlimmen Schimpfworte für Scheiße.) Dann haben wir das Kriegsbeil begraben und unsere beiden verfeindeten Banden vereint – CAC und ACE (die ich gegründet hatte, um mich an den beiden zu rächen). Amelia taufte die neue Bande »Großartige Unzertrennliche Freunde«, abgekürzt GUF. (Dieses Treffen hatte ich auch verpasst.) Das reimt sich auf Suff und Puff.

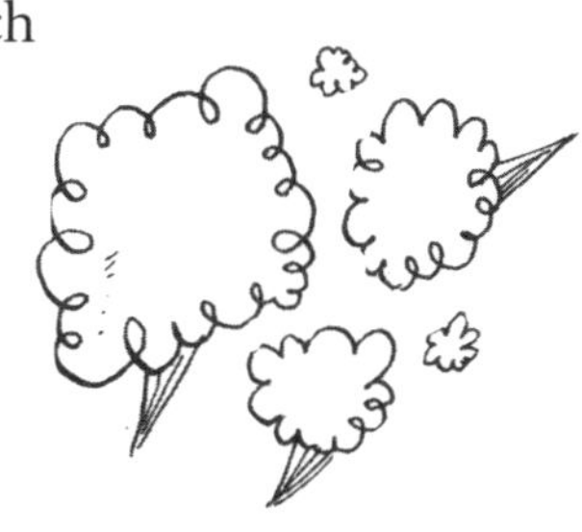

Immerhin scheinen wir uns von solchen Anzüglichkeiten entfernt zu haben und bewegen uns mehr im Feld allgemeiner Dummheit. Vielleicht sollte ich dankbar sein.

»Jep, ist wohl nicht so schlimm«, schwindle ich. Ich will nicht, dass Nat sich schlecht fühlt, weil sie auch für diesen Blödsinn gestimmt hat. Sie war bestimmt sowieso abgelenkt, weil sie an ihr Vorsprechen für das Schulmusical denken musste. Das hat sie in letzter Zeit ziemlich beschäftigt.

Und die anderen Mitglieder der netten ACE-Bande haben alle ihre Gründe, warum sie nicht darauf herumreiten. Cherry und Shantair, meine Freundinnen aus dem Schachclub, sind schlau genug, um zu wissen, wie tückisch der Bandenname DOOF klingt, aber ihnen ist die Bande nicht wichtig genug, um sich darüber aufzuregen. Sie halten das alles für ein bisschen dumm, aber harmlos.

Meine anderen Freundinnen, Emily, Megan und Fatimah (neben denen sitze ich in Kunst und Französisch) blödeln die meiste Zeit nur rum. Sie werden ständig ermahnt, weil sie im Unterricht quatschen. Also haben sie vermutlich gar nichts mitbekommen.

Aber Amelias eingebildete, obercoole Freundinnen wie Cassy spielen sich immer auf, weil sie sich für so schlau halten. Sie denken, dass es im Leben nur auf zwei Dinge ankommt: erstens, klug zu sein, und zweitens, sich mit Mode auszukennen. Also hätten sie es auf jeden Fall bemerken *müssen.*

Aber sie waren wahrscheinlich damit beschäftigt anzugeben, dass sie so unsagbar kreativ sind und immer die besten Ideen haben, sodass ihnen das Offensichtliche entgangen ist. Und dann behaupten sie doch glatt, *ich* sei blöd.

2. kapitel

OMG!

»Oh mein Gott, wenn wir uns das nächste Mal sehen, spreche ich schon vor!« Natalie umarmt mich ganz fest, als ich auf der Heimfahrt aufstehe, weil der Schulbus gleich hält. Ihr Verhalten ist ein bisschen beunruhigend.

»Aber zuerst haben wir doch noch den ganzen Morgen zusammen Unterricht«, sage ich. »Und da werden wir uns ja auch schon sehen.«

»Du weißt, wie ich es meine. Ich bin so aufgeregt. Ich glaube, ich werde heute Nacht kein Auge zutun.«

»Du wirst grandios sein«, sage ich bestimmt, dann steige ich aus und gehe nach Hause.

Als ich den Schlüssel ins Schloss stecke, höre ich unseren neuen Hund bellen. Jawohl. *Den neuen Hund*! Ich *liebe* den neuen Hund. *Alle* lieben ihn. Na ja, meine Mum nicht so sehr. Aber alle anderen.

Obwohl ich ehrlich gesagt glaube, dass meine Mum den Hund inzwischen auch liebt. Sie hat nur so eine Phase durchgemacht, in der sie ständig betonte: »Wir behalten ihn auf keinen Fall.« Aber ich meine, das ist Auslegungssache. (Hihi, ich bin witzig.)

Und das kam so: Meine große Schwester Tammy (die bereits ausgezogen ist und studiert) und meine lustig-verrückte Tante Joan haben eines Tages einen Hund gerettet.

Tammy hatte das schon lange vorgehabt. Sie rettet ständig alles Mögliche. Und ich glaube, Tante Joans Einstellung, dass man erst handeln und dann denken soll, hat ihren Entschluss bekräftigt.

Ich bin sicher, dass meine Mum sie nur deswegen mit dem Hund ins Haus gelassen hat, weil sie nicht wollte, dass wir uns auf der Straße vor den Nachbarn zanken, sondern lieber im Wohnzimmer, wo wir unter uns sind.

Wir hockten also alle im Wohnzimmer, während der Hund hechelnd und schwanzwedelnd vor uns saß. Sein Maul stand offen, und es sah fast so aus, als würde er lächeln.

»Wir behalten den Hund auf *gar keinen* Fall«, sagte Mum. »Damit ihr das gleich wisst.«

»Ich stimme eurer Mutter absolut zu«, sagte mein Dad und fügte dann optimistisch hinzu: »Vielleicht könnten wir ihn Bilbo nennen?«

»Es ist ein Weibchen«, sagte Tammy.

»Lady«, sagte mein kleiner Bruder Ryan.

»Ja, dann eben eine Lady, spielt doch keine Rolle«, meinte Tammy.

»Nein, wir könnten sie *Lady* nennen«, erklärte Ryan. Wir schauten alle die Hündin an. Obwohl sie laut und mit heraushängender Zunge hechelte, wirkte sie erhaben und majestätisch. Sie hielt den Kopf hoch, als wollte sie auf uns herabsehen. Und sie hatte ein ganz goldenes Fell, denn sie war ein Collie-Golden-Retriever-Mischling.

Dann rollte sie sich auf den Rücken, und Ryan begann, ihren Bauch zu kraulen. Man konnte sehen, wie sehr sie das genoss. Sie wälzte sich wie verrückt hin und her, dann stellte sie sich wieder hin und leckte Ryans Hand ab. Zuletzt legte sie Ryan treuherzig den Kopf in den Schoß und sah zu ihm hoch.

»Ich liebe dich, Lady«, sagte Ryan. Mit Tränen in seinen kleinen, sechsjährigen Augen sah er Mum an und fügte hinzu: »Bitte nehmt sie mir nicht weg.«

Ich weiß noch, wie ich dachte: *Gut gemacht, Lady, gut gemacht.* Damit stand es 1:0 für den Hund.

Auch ich wollte Lady unbedingt behalten. Aber gleichzeitig wollte ich Mum nicht ärgern. Sie ist eigentlich total okay. Ihr wisst schon, total okay *für eine Mum.* Sie verdirbt mir nur *manchmal* alles, was Spaß macht. Das ist ganz schön großzügig, meint ihr nicht?

Sie ärgert sich leichter als die Mütter, die man in der Joghurt-Werbung sieht, aber zum Glück kann Dad sie meistens mit einer Tasse Tee beruhigen.

Ich öffne die Haustür. »Ich bin's, Lady. Du brauchst nicht zu bellen«, sage ich, auch wenn es nichts nützt.

Lady bellt immer, wenn jemand ans Haus kommt. Sie ist in dieser Hinsicht ein toller Wachhund. Sobald man allerdings die Tür geöffnet hat, hört sie auf zu bellen und wedelt wie verrückt mit dem Schwanz, weil sie sich so freut, uns zu sehen.

Lady ist also ein toller Wachhund, wenn man davon ausgeht, dass Einbrecher erschrecken, wenn sie angewedelt werden. Vielleicht taugt es, wenn sie an Canophobie leiden. (Für alle, die es interessiert: So nennt man die Angst vor Hunden.) Aber wer an Canophobie leidet, wird vermutlich gar nicht erst Einbrecher.

Ich streichle Ladys Kopf, und sie setzt sich mir in den Weg, damit ich sie noch mehr streicheln kann. »Netter Versuch, Lady, aber ich kann nicht den ganzen Tag hier stehen bleiben und dich streicheln«, erkläre ich ihr. Na ja, vielleicht noch eine Minute.

Lady hatte schon mehrmals Junge bekommen, als sie gefunden wurde. Sie war mal eine Streunerin. Im Tierheim wurde sie dann kastriert, sodass sie keine weiteren Jungen bekommen kann, was Ryan und ich total schade finden.

Sie ist für uns völlig ungefährlich. Sie ist erstaunlich gut erzogen für ein ehemals wild lebendes Tier. Sie macht »Sitz«, wenn man es ihr befiehlt, spielt gern mit uns und ist absolut stubenrein.

Das einzige Problem ist ihre Vorliebe dafür, auf Sachen herumzukauen. Aber ich bin sicher, dass das eine vorübergehende Phase ist. So wie Dads Tomatenzucht und Mums Spleen, uns zu zwingen, beim Heimkommen die Schuhe auszuziehen.

Schließlich gehe ich um Lady herum und in die Küche, wo Mum Makkaroni mit Käsesauce zubereitet, mit *Superbillig*-Nudeln und *Superbillig*-Käse. Dad hat ihr gerade eine Tasse Tee gemacht.

»Und am Vogelhaus«, sagt Dad, der mich noch nicht bemerkt hat, »habe ich heute acht neue Vögel gesehen. Die fliegen total darauf, das kann ich dir sagen.«

»Toll.« Mum klingt völlig desinteressiert.

»Außerdem sind wir uns ja wohl einig, dass die neuen Energiesparlampen, die Horace empfohlen hat, eine Menge gebracht haben. Er ist wirklich großartig. Ich gehe jetzt täglich auf seine Website. Es fühlt sich gut an, endlich wieder etwas für die Umwelt zu tun.«

»Oh, hallo Jess«, sagt Mum. »Dein Vater hat heute gute Neuigkeiten.«

»Acht Vögel am Vogelhaus? Der Wahnsinn!«, sage ich mit leichtem Sarkasmus, als ich mich an den Tisch setze.

Mum ignoriert mich und wendet sich an Dad. »Das Essen ist gleich fertig. Wo steckt Ryan?«

»Zuletzt habe ich ihn mit Lady im Wohnzimmer gesehen«, antwortet Dad. »Er hat mal wieder ein Raumschiff aus Sofakissen gebaut.« (Mein kleiner Bruder ist verrückt nach Raumschiffen.)

»Oh nein«, seufzt Mum verärgert. »Wieso hast du ihn denn nicht davon abgehalten?«

»Er sah dabei so glücklich aus«, antwortet Dad.

»Na super«, murmelt Mum. »Und das *Mädchen für alles* darf nachher wieder aufräumen.«

Toll, sie denkt immer noch, *Mädchen für alles* wäre ein geeigneter Spitzname für sie. Vielleicht kann ich dem ein Ende machen, indem ich ihr einen besseren Spitznamen gebe.

Ich räuspere mich. »Was gibt es? Was sind die tollen Neuigkeiten, Big Mama?«, frage ich zuversichtlich.

»Wie hast du mich gerade genannt?« Mum fährt herum und starrt mich entsetzt an.

War wohl kein Volltreffer. »Okay, mir fällt bestimmt ein besserer Name ein«, erwidere ich versöhnlich. »Die Gedanken sind frei.«

Mum wendet sich kopfschüttelnd ab und schüttet die Nudeln in ein Sieb. Ich kann sie leise murmeln hören: »Ich habe keine Zeit für so was … Was ist nur mit allen los? … Das ist wirklich das Allerletzte.«

»Ich wollte dir nur einen Spitznamen verpassen«, erkläre ich.

»Ich brauche aber keinen Spitznamen«, erwidert Mum. *Na also!*

»Was für einen Spitznamen könnte ich denn haben?«, fragt Dad plötzlich interessiert.

»Nun, du tust gerne etwas für die Umwelt und für Vögel«, sage ich. »Wie wäre es – nur mal so spontan – mit … *Der Biotopinator*?«

Meine Eltern starren mich einen Augenblick lang fassungslos an. »Das lassen wir lieber«, sagt Mum.

»Mir fällt bestimmt noch was Besseres ein«, sage ich hastig. »Die Gedanken sind frei.«

»Wie auch immer«, sagt Mum und ihre Stimmung hellt sich auf. »Wir haben wunderbare Neuigkeiten. Jessica, dein Dad hat eine Gehaltserhöhung bekommen und wir müssen nicht mehr auf Sparkurs leben.«

»Echt? Aber das ist ja großartig!« Vor Freude hüpfe ich beinahe auf und ab. Außerdem hat Mum gerade zugegeben, dass wir immer noch auf Sparkurs sind, obwohl meine Eltern behauptet haben, dass wir einfach nur »den Gürtel enger schnallen« würden.

Der Unterschied ist:

»Sparkurs« heißt, Mum kauft erst wieder frisches Essen, wenn wir alles aufgebraucht haben, was der Kühlschrank und die Vorratsschränke hergeben (meine Eltern haben als Nachtisch sogar einmal ein Stück ihres zwanzig Jahre alten Hochzeitskuchens aufgetaut).

»Gürtel enger schnallen« heißt, Mum kauft im Supermarkt nur *Superbillig*-Marken oder Sachen, die reduziert sind, weil das Mindesthaltbarkeitsdatum abgelaufen ist.

Ich will fairerweise sagen, dass es meistens okay war, obwohl manche Sachen schlechter geschmeckt haben als andere. (Ich werde bestimmt kein Fan von *Superbillig*-Schnitzeln aus Formfleisch.) Und Mum hat selbst zugegeben, dass sie am falschen Ende spart, wenn sie von den *Superbillig*-Teebeuteln zwei statt einem pro Tasse braucht.

Ryan war entsetzt, dass wir die ganze Zeit keine Schokolade kaufen konnten. Aber nun scheint es, als käme er bald wieder in den Genuss. Und anstelle von *Superbillig*-Chips können wir wieder Marken-Chips futtern. Wenn das kein sozialer Aufstieg ist!

»Herzlichen Glückwunsch, Dad!«, sage ich.

»Ja«, sagt Dad und schaut wehmütig. »Ja, das sind gute Neuigkeiten«, fügt er betrübt hinzu. Irgendwie eine seltsame Reaktion.

»Äh, du klingst nicht besonders erfreut«, meine ich.

»Er freut sich *riesig*«, versichert Mum.

»So richtig glücklich hört er sich aber nicht an«, finde ich.

»Aber nein, ich freue mich gewaltig«, behauptet Dad, klingt aber alles andere als überzeugend. »Das sind wirklich gute Neuigkeiten. Das wird für mich eine neue, große Herausforderung … eine enorme Verantwortung … und …« Er seufzt.

»Und was?«, frage ich.

»Ich frage mich in letzter Zeit nur immer öfter, wieso es mich in diesen Beruf verschlagen hat, wo ich doch eigentlich immer nur wie Horace King werden wollte.«

»Nicht schon wieder diese alte Leier«, zischt Mum erbost.

Letztes Jahr sollten wir in der Schule bei einem Artenschutzprojekt Briefe an Leute aus dem Umweltschutz schreiben. Ich habe Horace King geschrieben. (Das Kindheitsidol meines Dads. Horace King ist heute ein tattriger alter Kerl, aber als Umweltschützer und Vogelfreund immer noch im Fernsehen zu sehen, wo er Leuten zeigt, wie man zum Beispiel die vorhin erwähnten Vogelhäuser baut.)

Nat, Dad und ich durften Horace treffen, weil mein Brief ihm so gefallen hatte. Dad war damals völlig aus dem Häuschen. Doch nachdem die erste Begeisterung abgeklungen war und er in seinen normalen Alltag zurückkehrte, wurde er … Nun, ich schätze, das Erlebnis hat ihn irgendwie verändert.

»Na komm schon, Bert«, sagt Mum freundlich, aber bestimmt, »man kann nicht immer alles haben. Ich wäre gerne Gerichtsmedizinerin geworden.« (Echt jetzt? Wer hätte das gedacht.) »Aber beschwere ich mich jemals deswegen?« (Deswegen vielleicht nicht, aber sonst ständig, denke ich. Ist doch so, oder? *High five.*)

Mum fährt fort: »Manchmal muss man das Leben mit Fassung tragen und die Möglichkeiten nutzen, die sich einem bieten. Das sind wir schließlich unseren Kindern schuldig.«

Dann wendet sie sich an mich. »Hörst du mir auch zu, Jessica? Du kannst alles werden, was du willst. Sogar Gerichtsmedizinerin, wenn dir das zusagt. Lass dich weder von Mrs Grimshaw noch von sonst jemandem davon abbringen, wenn es das ist, was du werden möchtest.«

»Wer ist Mrs Grimshaw?«, frage ich.

»Die Berufsberaterin an meiner Schule«, antwortet Mum.

»Oh«, sage ich, und dann füge ich hinzu: »Ich glaube, ich möchte Cartoonistin oder Künstlerin werden.«

Mum schürzt die Lippen, als würde sie versuchen, nicht verärgert zu reagieren. »Also, ich finde, du solltest lieber darüber nachdenken, Gerichtsmedizinerin zu werden.«

»Nein, Jessica, pack alle Gelegenheiten beim Schopf«, unterbricht Dad. »Wenn du Künstlerin werden möchtest, dann setz Himmel und Hölle in Bewegung, um es zu werden. Das Leben ist kurz und viel zu schnell vorbei. Bevor du weißt, wie dir geschieht, bist du so alt wie ich und musst drei Kinder durchfüttern.«

Hmmmm. Ich bin mir nicht sicher, ob so eine Bemerkung pädagogisch wertvoll ist. Schließlich ist es nicht meine Schuld, dass meine Eltern sich entschlossen haben, Kinder in die Welt zu setzen. Andererseits finde ich es gut, dass Dad mich darin unterstützt, Künstlerin zu werden.

»Konzentriere dich auf das, was du tun kannst, Bert«, sagt Mum. »Die Energiesparlampen sind toll. Wir lieben sie, *findest du nicht auch, Jessica*?«

»Ja«, sage ich schnell, als ich merke, was Mum bewirken möchte. »Und das Vogelhäuschen hat tatsächlich mehr Vögel in den Garten gelockt.«

Dads Miene hellt sich auf. »Ja, das stimmt.« Er strahlt, dann zögert er.

»Aber ich weiß, dass ich so viel mehr tun könnte, um der Umwelt zu helfen.«

»Immer schön ein Schritt nach dem anderen«, erwidert Mum.

Immer schön ein Schritt nach dem anderen ist ein erstaunlich guter Ratschlag von Mum. Normalerweise möchte sie immer, dass alles schon gestern erledigt wird. Besonders meine Hausaufgaben, die ich für gestern aufhatte. (Haha, ich bin nicht zu bremsen.)

»Ryan! Abendessen!«

Also, was hat zwei Daumen, *Superbillig*-Makkaroni mit Käsesauce zum Abendessen und zwei verrückte Eltern, die über ihre verpassten Chancen nicht hinwegkommen? *Die hier.* Ich zeige gerade auf mich selbst, mit beiden Daumen. Aber das wusstet ihr schon, nicht wahr?

3. kapitel

»Du schaffst es, Nat. *Eye of the tiger*«, flüstere ich. Amelia sieht mich stirnrunzelnd an, als hätte ich sie nicht alle.

»*Eye of the tiger*«, wiederholt Nat leise für sich selbst. Amelia sagt nichts dazu.

»Du wirst einmalig sein. Wir haben die ganze Mittagspause geübt, du weißt absolut, wie es geht«, füge ich hinzu.

»Oh ja«, flüstert Nat.

Heute findet das Vorsprechen für das Schulmusical statt. Spannung liegt in der Luft. Der Vormittagsunterricht war eine lästige Pflicht, aber da mussten wir Sechstklässler durch, weil das Vorsprechen erst am Nachmittag stattfindet.

Für mich war es allerdings nicht so schlimm. Ich habe dienstags eine Doppelstunde in meinem Lieblingsfach Kunst. Außerdem hasse ich Schauspielen und lege keinen Wert darauf, in dem Musical mitzuspielen. Aber man hat mir gesagt, dass ich dennoch dabei sein kann, weil ich einen großen Teil der Gestaltung des Bühnenbilds übernehmen darf. Deshalb bin ich total aufgeregt.

Außerdem sitzen wir alle im Schneidersitz in der Aula, anstatt eine Doppelstunde Natur und Technik zu haben. (Obwohl ich das Fach gar nicht so schlimm finde.)

»Ja, ich weiß, wie es geht«, wiederholt Natalie meine Worte und klingt dabei, als würde sie versuchen, sich gerade selbst zu überzeugen.

Nat ist unheimlich scharf auf die Hauptrolle – Dorothy. So wild entschlossen habe ich sie nicht mehr erlebt, seit sie den Gerüchten auf den Leim gegangen ist, dass der US-Popstar Megan Flyer zur Eröffnung des neuen Schuhgeschäfts in unserem Einkaufszentrum erscheinen würde. Sie bestand darauf, dass wir schon um acht Uhr am Samstagmorgen dort aufkreuzten, um uns dann den ganzen Tag vergeblich die Beine in den Bauch zu stehen. Immerhin haben wir jetzt etwas zu erzählen (würde Tante Joan sagen), aber es ist keine besonders gute Geschichte, finde ich.

Unser Schulmusical dieses Jahr ist *Der Zauberer von Oz*, und unsere Lehrer haben sich ganz schlau gedacht, dass Mädchen in unserem Alter viel lieber Theater spielen als Jungs, also haben sie viele der Originalrollen, die für Jungs gedacht sind, so umgeschrieben, dass auch Mädchen sie spielen können, und viele meiner Freundinnen sprechen für diese Rollen vor. Ich hoffe, dass sie sie bekommen.

»Ich kann es *absolut*«, wiederholt Nat erneut, was ich ihr eingetrichtert habe. Sie klingt, als wäre sie in Trance. Offensichtlich bin ich ziemlich gut darin, anderen Leuten Mut zu machen.

»Ich kann es *absolut*«, sagt Nat noch einmal mit einem fast unheimlich klingenden Flüstern in der Stimme.

Hmmm. Ist es normal, dass man sich so verhält, wenn man

wegen eines Vorsprechens aufgeregt ist? Ich tausche einen besorgen Blick mit Amelia, die ganz klar zu denken scheint, ich sei schuld daran, dass Nat sich wie eine hängen gebliebene Schallplatte anhört. Meine Generation sollte als Vergleich lieber sagen, dass sie sich wie ein iPod im Suchlauf anhört. *Hmmm.* Das ist irgendwie gut. Sollte ich mir das patentieren lassen? *iPod im Suchlauf* ™ *Jessica Morris 2014.*

»Ja, ja, schon gut, du kannst es.« Amelia runzelt die Stirn.

»Ich kann es *absolut*«, flüstert Nat wieder in diesem düsteren Tonfall.

Amelia wirft mir erneut diesen Blick zu, der sagt: *Das ist deine Schuld. Ich hoffe, du bist zufrieden.* Ihre bösen Blicke sprechen wirklich Bände.

Ein Teil von mir sieht in Amelia immer doch die fiese, hochnäsige Mobberin, die am Anfang des sechsten Schuljahres zu uns in die Klasse kam und mir (vorübergehend) meine beste Freundin ausgespannt hat, während sie gleichzeitig in der ganzen Schule gemeine Gerüchte darüber verbreitete, wie uncool ich sei. (Der Ehrlichkeit halber muss ich gestehen, dass ich wirklich nicht cool bin. Aber das hat niemanden gestört, bis Amelia anfing, es allen unter die Nase zu reiben.)

»Vielleicht solltest du lieber an etwas denken, das dich beruhigt«, flüstert Amelia Nat sanft zu. Manchmal frage ich mich, warum ich in ihr immer noch das böse Mädchen sehe.

»Du brauchst etwas, das dich ablenkt«, fährt sie fort. »Etwas wie … wie Jessicas Haare. Wieso stehen sie alle so seltsam in eine Richtung? Meinst du, sie hat letzte Nacht komisch auf ihnen geschlafen? Oder hat sie sich absichtlich so frisiert? Mich beschäftigt das jedenfalls schon den ganzen Morgen.«

Da fällt es mir wieder ein. Deshalb! Genau deshalb. Ich sehe in ihr immer noch das böse Mädchen, weil sie es immer noch *ist* und weil sie diese ganzen Sachen wirklich getan *hat.* Und ich schätze, sie könnte sie jederzeit wieder tun. Außerdem hat sie sich selbst zum DOOFIE ernannt – als wäre sie gerne dämlich.

Aber ich sollte jetzt vergeben und vergessen und über den Dingen stehen. Und das tue ich. Überwiegend. Tatsächlich stehe ich in Sachen Amelia so sehr über den Dingen, als wäre ich *Robert Wadlow.* (Für alle, die es interessiert: Er war der größte Mensch, der je gelebt hat.)

»Natalie Baker!«, ruft Mrs Cole.

Natalie zuckt zusammen.

»Hals- und Beinbruch!«, flüstere ich gut hörbar, als Nat aufsteht und zur Bühne geht.

»Ich dachte, sie sei deine Freundin«, flüstert Tanya.

Ein Teil von mir kann es immer noch nicht fassen, dass *Tanya Harris* jetzt *meine* Freundin ist. Manchmal kommt es mir vor, als würde ich den *Unglaublichen Hulk* im echten Leben kennen, und es hätte sich herausgestellt, dass er ein Händchen für Geschäftliches hat und uns deshalb dabei hilft, einen geheimen Comic herauszugeben, in dem wir die Schule aufs Korn nehmen.

»Das bringt Glück«, erkläre ich. »Schauspieler sind abergläubisch und denken, dass es Pech bringt, wenn man Glück wünscht, also sagen sie stattdessen so etwas.« Ich grinse. »Verrückt, oder?«

»Hey! Hals- und Beinbruch, Nat!«, schreit Tanya plötzlich so laut, dass ich zusammenfahre. »Hey! Joshua! Hals- und Beinbruch, hörst du?! Hey, Shantair–«

»*Ruhe bitte!*«, unterbricht Mrs Cole Tanyas Trommelfeuer an aufmunternden Rufen.

»Das bringt Glück, Miss«, sagt Tanya fröhlich. Sie freut sich anscheinend, dass sie etwas Neues gelernt hat.

»Ja, in Ordnung, aber spar dir deinen Atem bitte fürs Vorsprechen.«

»Tut mir leid, Miss. Machen Sie weiter.« Tanya wedelt zuvorkommend mit der Hand, als würde sie Mrs Cole gestatten fortzufahren.

»Gut. Wenn Sie so weit sind«, wendet sich Mrs Cole an Mrs Miller, die Musiklehrerin, die daraufhin einige einführende Akkorde auf dem Klavier anschlägt.

Mir rutscht das Herz in die Hose, als Natalie anfängt, *Somewhere Over the Rainbow* zu singen. Ich bin ihretwegen total aufgeregt und möchte nicht, dass sie es vergeigt, aber ich hätte mir keine Sorgen zu machen brauchen – sie ist *wirklich* gut. Ich wusste immer schon, dass sie eine wunderschöne Stimme hat, aber in der Aula mit der tollen Akustik klingt sie fantastisch.

Im Ernst. Ich sage das nicht nur, weil wir schon beste Freundinnen waren, als wir uns beide bei *Hoppe, hoppe Reiter* kringelig gelacht haben, ohne uns zu fragen, was eigentlich daran witzig sein soll, von Raben gefressen zu werden.

Natalie ist ein echtes Naturtalent. Und außerdem kann sie tanzen. Sie bringt einfach alles mit, um als Musicalstar zu überzeugen. Als sie fertig ist, klatschen wir alle begeistert. »Das war erstaunlich«, flüstere ich ihr glücklich zu, als sie sich wieder setzt. »Du *musst* die Dorothy spielen.«

»Danke!« Sie drückt mir grinsend die Hand. »Danke, dass du

an mich geglaubt hast, Baby.« (*Baby?*) »Du hast mein Talent von Anfang an erkannt, und ich weiß es zu schätzen, dass du Teil meines Lebens bist.« (*Sie weiß es zu schätzen?*)

Seit wann redet Natalie so gekünstelt? Es beunruhigt mich, denn es klang fast wie eine Dankesrede bei einer Oscarverleihung. Ich hoffe wirklich, dass Natalie nicht dabei ist, sich verrückte Schauspielerallüren zuzulegen. Nein, es ist bestimmt nur die Aufregung. Ja, das wird es sein.

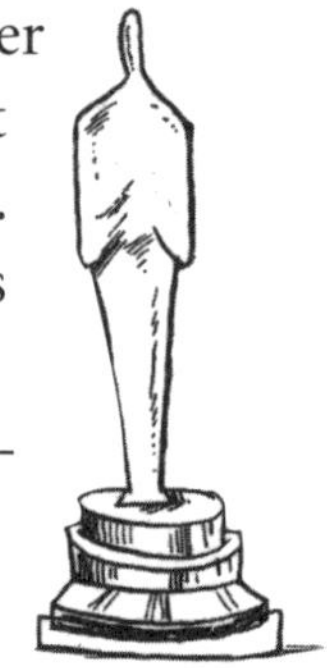

Der Rest des Vorsprechens verläuft eher unspektakulär. Alle sind in etwa so gut oder schlecht, wie ich es von ihnen erwartet habe. Lediglich Joshua überrascht mich.

Joshua spricht für die Rolle der Vogelscheuche vor, und darum singt er *If I Only Had a Brain.* Aber nicht nur das. Erstens singt er wirklich gut. Ich wusste nicht mal, dass er überhaupt singen kann. Und zweitens führt er dazu einen witzigen Tanz auf, bei dem er so tut, als würde er jeden Augenblick umfallen. Damit erntet er viel Gelächter.

»Wow, Joshua ist *grandios*«, flüstert Nat mir zu, als er fertig ist.

»Ich *weiß*!«, flüstere ich schockiert zurück.

»Er ist auf jeden Fall in meiner Achtung gestiegen«, raunt Amelia widerwillig. Es ist so typisch für Amelia, dass sie es abschätzig klingen lässt.

Sie ärgert sich immer noch, weil sie denkt, es wäre cool, mit Jungs befreundet zu sein (besonders mit den »coolen« Jungs vom Basketballteam). Sie dachte, wenn sie mit Joshua abhängt, würde er auch welche von denen zu seiner Party einladen. Doch er wollte nur mit Lewis und uns die alten *Star Wars*-

Filme aus den Siebziger- und Achtzigerjahren anschauen. Mir haben sie immerhin gefallen.

»Unglaublich gut.« Nat kann es immer noch nicht fassen.

Ich hatte keine Ahnung, dass Joshua so ein Talent für Slapstick hat. Oder dass er überhaupt schauspielen kann. Wie ist es möglich, dass ich davon nichts wusste? Ich meine, ich kenne seinen tollen Sinn für Humor, denn wir bringen uns gegenseitig ständig zum Lachen. Aber *trotzdem.*

Den ganzen Heimweg über grüble ich. Beim Abendessen höre ich nur mit halbem Ohr zu, als meine Eltern darüber diskutieren, wie viel sie jetzt beim Einkaufen ausgeben können, und mit Ryan verhandeln, wie teuer die Schokolade sein darf, die er ab jetzt bekommt.

Auch später, als ich mit Ryan und Lady (Ryan besteht darauf, dass sie bei allem mitmachen darf) Piraten-Lego spiele, kann ich das Gefühl nicht abschütteln, dass ich Joshua nicht so gut kenne, wie ich dachte.

Einerseits möchte ich ihn anrufen und ihm gratulieren, aber andererseits bin ich plötzlich zu schüchtern dazu. Wenn er gewollt hätte, dass ich es weiß, hätte er mir schon längst erzählt, dass er singen und tanzen kann.

Ha! Und da meint man, jemanden wirklich zu kennen …

4. kapitel

Natalie hat die Rolle bekommen! Sie wird die Dorothy spielen. Ich *wusste* es doch. Ich kann womöglich hellsehen. (Ich weiß sogar, was ihr jetzt gerade denkt: Jessica kann *nicht* hellsehen. Seht ihr? Ha! Natürlich kann ich nicht hellsehen. Oder doch? Äh, nein. Kann ich nicht. Oder kann ich es womöglich tatsächlich? Wir könnten den ganzen Tag so weitermachen.)

»Oh mein Gott! Mega Glückwunsch«, sprudelt Amelia heraus, als wir uns am Mittwochmorgen vor dem Schwarzen Brett drängeln, an dem die Namensliste ausgehängt ist.

»Ich *wusste* es«, sage ich aufgeregt. Ich mache mir nicht die Mühe, die anderen darauf hinzuweisen, dass ich hellsehen kann. Sie sollen eine Chance haben, es selbst herauszufinden.

»Oh mein Gott! Ich bin der Feige Löwe!«, keucht Shantair entzückt, als sie ihren Namen auf der Liste entdeckt.

»Hey, Glückwunsch!«, sage ich zufrieden. Shantair, eine meiner Freundinnen aus dem Schachclub, ist ein bisschen schüchtern, darum will sie öfter Theater spielen, um selbstsicherer zu werden. Ein Löwe, der versucht, mutiger zu werden, scheint genau die passende Rolle für sie zu sein.

»Joshua ist die Vogelscheuche«, sagt Amelia, als wir zur Seite geschubst werden, weil auch andere Leute zur Liste vordrängeln. (Würde die Schule pleitegehen, wenn sie mehr als eine Kopie aufhängen würde?)

»Macht mal Platz«, befiehlt Tanya Harris freundlich, aber bestimmt, als sie dazukommt.

»Ja! Ich bin drin!«, ruft sie, stößt die Faust in die Luft und rammt sie dabei beinahe einigen Leuten ins Gesicht. »Ich bin die Böse Hexe! Hähähähähä!« Sie gackert wie eine Hexe, dann springt sie davon und singt dabei: »Ding Dong, die Hex ist tot.«

Hmmm. Shantair ist schüchtern und darf den Feigen Löwen spielen, Tanya ist … nun ja, Tanya … und darf die Böse Hexe spielen. Ich will ja nicht sagen, dass die Schule die Rollen passend zum Charakter besetzt, aber … wartet mal, doch genau das will ich sagen! Die Schule besetzt die Rollen *exakt* passend zum Charakter.

Ach nein, Moment mal, Amelia spielt die Gute Hexe, damit ist meine Theorie eindeutig widerlegt. Haha.

»Ist das die *endgültige* Liste?«, höre ich jemanden gekränkt und enttäuscht fragen. Jemand, der es nicht gewohnt ist, enttäuscht zu werden.

Die Menge beginnt sich aufzulösen und Harriet VanDerk bleibt zurück. Niedergeschlagen starrt sie auf die Liste und sucht und sucht sie immer wieder nach ihrem Namen ab. Sie tut mir beinahe leid. *Beinahe.*

»Das sieht ja so aus, als wäre ich nur die Zweitbesetzung der Zweitbesetzung«, erklärt Harriet, »und das kann unmöglich stimmen, oder?«

Arme Harriet, vielleicht tut sie mir doch ein klitzekleines bisschen leid.

»Ich meine, ich bin besser als ihr alle zusammen«, fügt sie verächtlich hinzu.

Okay, streichen wir das wieder, sie tut mir überhaupt nicht leid.

Harriet VanDerk will immer die Beste sein. In ihrer Familie, die im Haus neben unserem lebt, sind alle so leistungsorientiert. Das muss erblich bedingt sein.

Leider wecken die VanDerks auch in meinen Eltern diesen Leistungseifer. Darum fragen sie sich, wieso ich keine Buchstabierwettbewerbe gewinne oder nur in Kunst Klassenbeste bin, aber in keinem anderen Fach. Das kann ganz schön lästig werden, wenn man einfach mal relaxen und fernsehen will, anstatt ständig seine Leistungen zu verbessern.

Ich persönlich glaube, Harriet VanDerk hat keine bessere Rolle bekommen, weil sie beim Vorsprechen total hölzern war. Sie ist in allem die Beste, was nichts mit Kunst zu tun hat, sondern weil sie sehr straff durchorganisiert an alles herangeht.

Bestimmt wären die meisten Menschen überglücklich, wenn sie in *fast* allem die Besten wären, aber Harriet reicht das nicht. Sie gönnt niemandem etwas und kann es nicht ertragen, wenn jemand besser ist als sie. Sie strebt die Weltherrschaft an und will alle Preise gewinnen, die es gibt.

Natürlich wäre es unhöflich, ihr das zu sagen. Also spare ich mir eine lange Ansprache und meine betreten: »Ja, ich glaube, das ist die endgültige Liste.«

»Na, das werden wir ja sehen«, sagt Harriet und stürmt den Flur entlang.

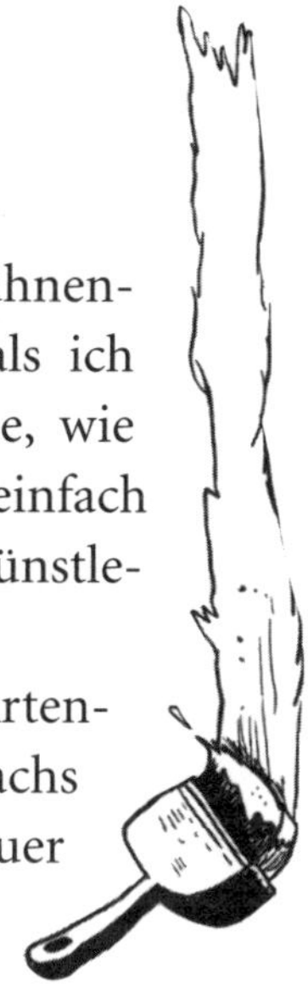

Ich hingegen bin begeistert, dass ich die Rolle als Bühnenbildnerin bekommen habe. Ich seufze zufrieden, als ich später im Englischunterricht sitze und mir ausmale, wie viel Spaß das machen wird. Ich glaube, ich werde es einfach großartig hinbekommen. Ich bin jetzt eine richtige Künstlerin.

Im letzten Halbjahr habe ich zum Abschluss des Artenschutzprojekts einen richtig tollen (und riesigen) Dachs gemalt, und die Lady (eine echte Frau, nicht unser neuer Hund), die unsere Arbeiten beurteilen sollte, sagte im Grunde genommen, dass ich eine echte Künstlerin sei. Nicht nur ich bin es also, die das denkt.

Dieses Erlebnis hat mich weder verändert noch irgendwie überheblich werden lassen. Wenn überhaupt, dann hat es mich ein bisschen gelassener gemacht. (Letztes Halbjahr war ich ziemlich von dem Comic besessen.) Aber nachdem ich eine »Bestätigung von außen« bekommen habe, wie meine Schwester Tammy es nannte, muss ich nicht mehr ständig mit meinem Talent prahlen. Ich kann es kaum erwarten, das Bühnenbild zu gestalten und dabei alles zu geben.

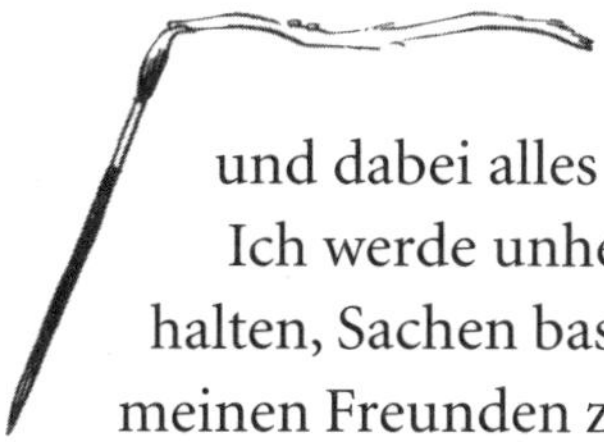

Ich werde unheimlich kreativ sein, mich im Hintergrund halten, Sachen basteln und bemalen und dabei dennoch mit meinen Freunden zusammen sein, die im Musical mitspielen. Es ist fast *zu* schön, um wahr zu sein.

Langsam!

Pass auf, was du denkst, Jessica, warne ich mich selbst. In Sitcoms fällt dieser Satz immer kurz bevor eine witzige Katastrophe passiert, die alle Pläne auf den Kopf stellt.

»Klar, mit links«, höre ich Amelia zu Natalie sagen, als es klingelt und wir unsere Bücher einpacken, um in die Pause zu gehen. »Ich bin in so was richtig groß, und außerdem ist es gut, wenn ich zusätzliche Anerkennung einheimse. Meine Rolle ist ohnehin winzig.«

»Zusätzliche Anerkennung wofür?«, frage ich, als ich an ihr Pult komme.

»Amelia wird auch am Bühnenbild mitarbeiten«, erklärt Nat glücklich.

Neiiiiiin! Und da haben wir sie, die witzige Katastrophe. Ich habe sie mir selbst eingebrockt, indem ich wie eine Sitcom-Figur gedacht habe. Universum, ich nehme es zurück. Es war nicht *zu* schön, um wahr zu sein. Es war genau richtig! *Alles auf Anfang!*

»Ich bin ein Organisationsgenie.« Amelia lächelt mich an. »Und ich bin von Natur aus herrisch. Außerdem liebe ich es, weißt du.«

Argh. Um Himmels willen! *Von Natur aus herrisch zu sein* ist doch nichts, worauf man stolz sein kann. Und man arbeitet nicht am Bühnenbild mit, weil man gerne organisiert und Leute herumscheucht. Der einzig akzeptable Grund, am Bühnenbild mitzuarbeiten, ist der: Man möchte ein Bühnenbild gestalten.

Typisch. Immerhin kann ich ihre sarkastischen Seitenhiebe inzwischen bestens ignorieren. Ihr wisst ja, ich bin wie *Robert Wadlow.*

TYPICAL

Als sich das Comic-Team in der Mittagspause trifft, habe ich zum ersten Mal die Gelegenheit, richtig mit Joshua zu reden. (Ich meine, ich habe ihm nach dem Vorsprechen kurz mit erhobenem Daumen signalisiert, dass es mir gefallen hat, aber das ist nicht dasselbe.)

»Dein Vogelscheuchen-Lied und der Tanz waren grandios!«, sage ich zu ihm, als wir auf den gemütlichen Sesseln vor der Bibliothek hocken, auch als Lese-Ecke bekannt (unser inoffizielles *Höll*fern-Comic-Hauptquartier). «Glückwunsch, dass du die Rolle bekommen hast.«

»Ähem«, sagt Tanya. »Und was ist mit mir und den anderen, Toons?«

»Na, du warst natürlich auch umwerfend, Tanya«, sage ich hastig. »Aber bei dir wusste ich ja schon, dass du … und ich meine, ich wusste nicht, dass Joshua überhaupt einen Ton treffen kann.«

»Wie reizend«, sagt Joshua überheblich.

»Du weißt, was ich meine.« Allmählich wird es peinlich. Es ist gar nicht so einfach, niemanden zu kränken. Ist das jetzt die Kehrseite, wenn man die ganze Zeit von Schauspielern umgeben ist? Werde ich jetzt ständig alle über den grünen Klee loben müssen? »Du hast nie erwähnt, dass du singen kannst«, ergänze ich.

»Stilles Wasser, hm?«, sagt Tanya. »Genau wie ich.«

»Tanya, du schreist und singst am laufenden Band«, stelle ich klar. »Überwiegend schreist du, um genau zu sein.«

»Ja, aber das ist nur die Spitze des Eisbergs.

Ich habe viel mehr zu bieten. Steck mich nicht in eine Schublade, Toons. Ich bin total tiefgründig.«

Ich frage mich, ob das ein geeigneter Augenblick wäre, um meine Freunde zu imitieren. »Uuuuh, schaut mich an, ich bin jetzt *Schauspieler.* Ich bin tiefgründig und megawichtig.« Aber ich lasse es lieber. Ich weiß nicht, ob Schauspieler Sinn für Humor haben. Und überhaupt sind sie vielleicht einfach nur aufgeregt, weil sie ihre Traumrollen ergattert haben, und nehmen darum alles so ernst.

»Glückwunsch euch *beiden.* Ich glaube, dass ihr in dem Musical beide toll sein werdet«, sage ich und meine es auch so.

»Aber hallo!«, sagt Tanya beifällig.

»Und ob!«, sagt Joshua. »Also, lasst uns über den Comic reden. Ich möchte immer noch mit dir an der Idee für das ultimative Elternhandbuch arbeiten.«

»Cool«, sage ich.

»Aber ein paar Mittagspausen werden wohl nicht reichen«, fügt er hinzu. »Wann hätten wir denn sonst noch alle Zeit, uns zu treffen?«

»Auf keinen Fall, wenn Probe ist«, sagt Tanya.

»Oh ja, stimmt«, räumt Joshua ein.

»Ja, schon, aber es ist doch immer noch genug Zeit für beides, oder?«, finde ich.

Ich meine, ich bin ja gewissermaßen darauf spezialisiert, mehrere Projekte zu jonglieren. Okay, es artete bisher meist in eine Katastrophe aus, aber ich habe aus meinen Fehlern gelernt, also kann ich den anderen stelfen™, damit es ihnen nicht ebenso ergeht.

Ich erkläre, dass das Artenschutzprojekt die Produktion von *Höll*fern letztes Halbjahr nicht verzögert hat, also sollte es das

Schulmusical in diesem Halbjahr auch nicht tun. Die anderen stimmen mir zu, obwohl ich den Eindruck habe, dass Tanya und Joshua einen leicht besorgten Blick tauschen. Oder habe ich mir das eingebildet? Lewis scheint nichts bemerkt zu haben.

»Wie wäre es am Samstag?«, schlägt Joshua vor. »Wir könnten uns im Einkaufszentrum treffen, Slushies trinken und dabei am Comic arbeiten.«

»Du stehst total auf die Slushie-Bar«, sage ich.

»Wer nicht?«, erwidert er. »Es gibt Eis, es gibt eine Menge verschiedener Geschmacksrichtungen … Viel besser geht's nicht.« Er grinst. Wir vereinbaren also, dass wir uns am Samstag an der Slushie-Bar treffen, um am Comic zu arbeiten.

Ich mache mir zwar Gedanken über den Geisteszustand der Schauspieler, aber sie sind nicht die Einzigen, die wegen des Musicals aufgeregt sind. Ich freue mich wirklich sehr darauf, das Bühnenbild zu gestalten, selbst wenn die Vorsitzende von DOOF mir dabei ständig über die Schulter schauen wird.

Ich bin nicht hundertprozentig sicher, was mich erwartet, aber unsere Kunstlehrerin, Mrs Cooper, hat vorgeschlagen, dass wir uns einfach mal überlegen sollen, wie das Bühnenbild aussehen könnte, und dann im Internet zu recherchieren, wie es bei anderen Inszenierungen gemacht wurde.

Ich bin ihr weit voraus. Ich habe bereits im Internet recherchiert und entwerfe gerade ein paar skizzenhafte Ideen, die schon recht gut aussehen. (Was ein Glück ist, denn Dad belagert derzeit ständig den Laptop.)

Später an diesem Mittwochabend fragt Ryan mit einem Blick auf den Laptop, den Dad auf seinen Knien balanciert: »Daddy, wie lange brauchst du denn noch?«

Wir sitzen zu dritt im Wohnzimmer. Im Hintergrund laufen leise die Nachrichten. Lady liegt auf Ryans Füßen, und ich skizziere Ideen für das Bühnenbild als Vorbereitung für die erste Probe, die morgen stattfindet.

»Du musst lernen, geduldig zu sein und alles zu teilen, Ryan«, erwidert Dad. »Und *zufälligerweise* lese ich gerade einen wichtigen Artikel. Da steht, dass der Deanbury Forest in Gefahr ist, weil eine neue Umgehungsstraße gebaut werden soll.«

Ich sehe auf. »Bist du wieder auf der Website von Horace King?« (Hat Mum recht? Wird das bei Dad langsam zur Besessenheit?)

»Jessica, wenn der ganze Wald abgeholzt werden soll, damit Platz für eine neue Straße entsteht, wird das verheerende Auswirkungen auf die hiesige Vogelpopulation haben«, erwidert Dad angespannt. Aber mir fällt auf, dass er meine Frage gar nicht beantwortet hat.

»Aber Daddy, *ich* will jetzt spielen«, jammert Ryan.

Ich erwarte, dass Dad Ryan ermahnt, er solle nicht herumjammern, aber da ertönt von nebenan ein Schrei.

»*Na warte*, wenn du siehst, was *dein* Hund jetzt schon wieder angestellt hat!«

Auch wenn sie in einem anderen Raum ist, meine ich ziemlich genau zu hören, dass Mum eventuell ein *winziges* bisschen sauer klingt.

Es geht doch nichts über einen gemütlichen Abend mit der Familie. Und das ist wirklich alles andere als ein gemütlicher Abend mit der Familie. Ich hab's immer noch drauf. *Hmmm.*

Wir lassen alles stehen und liegen und laufen in die Küche, um zu sehen, worüber Mum sich so aufregt.

»Seht euch das an!« Mum wedelt mit etwas. »Sie hat meine Hausschuhe zerkaut. Ausschließlich *meine* Hausschuhe. Keinen von euren. Nur meine. Sie respektiert mich nicht.«

»So denken Hunde nicht«, sagt Dad.

»Ach nein?«, fragt Mum. »Ich weiß genau, was sie sich dabei gedacht hat: Sieh her, das halte ich von dir.«

»Könntest du es nicht als Kompliment betrachten?«, schlage ich vor. »Vielleicht mag sie deine Hausschuhe am liebsten, weil sie dich am liebsten mag.«

»Findest du das witzig?«, regt Mum sich auf.

»Nein.« Plötzlich finde ich es wirklich witzig. »Wenn ich das lustig finden würde, hätte ich einen Witz darüber gemacht, etwa: ›Hey, das zieht einem glatt die Schuhe aus!‹ Aber das habe ich nicht getan.«

Ryan kichert.

»*Jessica*«, sagt Dad mit warnendem Unterton.

»Zu früh für Witze?«, frage ich.

»Wie würde es dir gefallen, wenn sie *deine* Hausschuhe auffressen würde?«, will Mum wissen.

»Mir wäre das egal«, stellt Ryan fest. »Ich hasse es, Hausschuhe zu tragen.«

Wie weise ein Sechsjähriger doch sein kann. Mum fehlen erst mal die Worte.

»Tja«, sagt Dad und bemüht sich, die Sache herunterzuspielen. »Am besten passen wir von jetzt an *alle* immer auf, dass wir nichts herumliegen lassen.«

Ich winde mich innerlich. Drei … zwei … eins …

»*Was?*«, schreit Mum. »Willst du damit sagen, dass ich das Haus nicht in Ordnung halte?«

5. kapitel

»Okay, sind alle an ihren Plätzen?«, fragt Mrs Cooper, als am Donnerstag nach dem Unterricht die erste Probe losgeht.

Keine Sorge, wir haben den großen Familienkrach alle überlebt. Nun, ich sage *Familien*krach, aber es war überwiegend Mum, die lautstark alles aufgezählt hat, was sie für uns tut, woraufhin wir Schuldgefühle bekommen und versprochen haben, in Zukunft mehr im Haushalt mitzuhelfen. Dann hat Dad ihr eine Tasse Tee gemacht. So dreht sich alles im ewigen Kreislauf des Lebens. (Ich bin jedenfalls sicher, dass Elton John das in seinem *König der Löwe*-Song gemeint hat.)

»Seid ihr meine Bühnenbildner?«, wendet sich Mrs Cooper an eine kleine Schülergruppe. »Dann alle hierher!«

Heute waren im Unterricht alle sehr aufgeregt. Natalie hat zum Mittagessen Würstchen mit Kartoffelpüree genommen, aber sie hat fast nichts runterbekommen und mir ein ganzes Würstchen geschenkt. Klar tut es mir leid, dass sie nervös ist, aber über die Gratiswurst habe ich mich trotzdem gefreut.

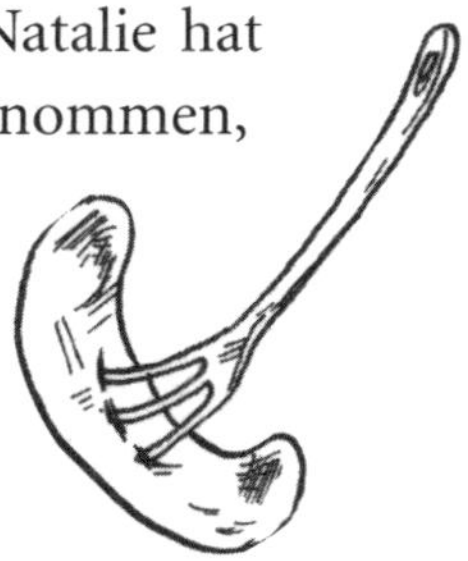

»Alle hierher!«, höre ich nun auch Mrs Cole auf der Bühne ihren Schauspielern zurufen. »Hört auf, hinter der Bühne herumzualbern, und kommt alle zu mir.«

»Ignoriert sie einfach«, weist Mrs Cooper uns Bühnenbildner an. Plötzlich erschallt Musik und hört genauso unvermittelt wieder auf. *Hmmm.* Ich glaube, es ist einen Tick zu optimistisch zu meinen, dass wir das ignorieren können. So wie es unmöglich ist, Ryan zu ignorieren, wenn er mit seinem Baseballschläger durchs Haus tobt (also praktisch jeden Tag, außer wenn Mum den Schläger konfisziert hat).

Ich schaue mir die anderen Bühnenbildner an. Außer Amelia sind es lauter Leute, die ich mag. Meine Freundinnen Emily, Megan und Fatimah sind dabei. Das wird toll! Auch Harriet VanDerk ist da, aber sie wird bestimmt gleich auf die Bühne geschickt.

»Also dann«, sagt Mrs Cooper. »Wir haben nicht viel Zeit und eine große Aufgabe vor uns, aber ich weiß, dass ihr alle wunderbar zusammenarbeiten werdet.« (Wir nicken.) »Okay, super. Also, Jessica ist unsere Chefbühnenbildnerin.«

Bin ich das? Wie *cool!* Ich bin Chefbühnenbildnerin! Das kann ich bestimmt in meinen Lebenslauf schreiben, die Schule hinschmeißen und einen Job an einem richtigen Theater kriegen! Nun, zunächst sollte ich wohl erst mal das Bühnenbild hier designen. Außerdem würde Mum mich umbringen.

»Wo sind meine Munchkins? Alle hierher, bitte!«, höre ich Mrs Cole auf der Bühne rufen. Unsere Köpfe schwenken in ihre Richtung und dann zurück zu Mrs Cooper.

»Oh, ich habe einige der Ideen, über die wir gesprochen haben, schon mal skizziert«, sage ich.

»Hervorragend«, findet Mrs Cooper. »Die kannst du mir gleich zeigen.«

»Ähem.« Harriet hustet gekünstelt.

»Brauchst du ein Hustenbonbon?«, fragt Amelia abfällig. Amelia mag Harriet VanDerk genauso wenig wie ich. Ich glaube, das kommt daher, dass Harriet die Klassenbeste ist und Amelia sich meist mit dem zweiten Platz begnügen muss.

»Was machst du hier, Harriet?«, fragt Emily. »Ich dachte, du wärst die Zweitbesetzung.«

»Einer Zweitbesetzung.« Amelia kann es einfach nicht lassen.

»Nein, das war ein Irrtum«, erwidert Harriet. (Mir gefällt gar nicht, in welche Richtung sich das entwickelt.)

»Harriet … war der Meinung, dass sie in dieser Gruppe mehr zu bieten hat«, erklärt Mrs Cooper freundlich.

Neiiiiiin! Nicht Harriet! Was für ein Spiel treibt das Universum mit mir? Ich bin doch schon Sitcom-mäßig enttäuscht worden, weil *Amelia* mitmacht. Ich brauche keine zwei Leute, die das Beste ruinieren, was mir je passiert ist. Einer ist schon mehr als genug.

»Ja«, bekräftigt Harriet. »Wir haben es besprochen, und alle dachten, dass ich mit meinen vielen Talenten ideal als Chefbühnenbildnerin geeignet bin.«

»Nun, das entspricht nicht so ganz …«, beginnt Mrs Cooper und hört mitten im Satz auf. Ich glaube sie wollte sagen, dass das nicht ganz der Wahrheit entspricht, aber offensichtlich möchte sie Harriet nicht vor allen anderen bloßstellen. »Also, es geht ja mehr um die Teamarbeit, wisst ihr. Wie auch immer, lasst uns loslegen. Wir haben eine Menge vor.«

Was?, schießt es mir durch den Kopf. Nachdem Harriet wegen ihrer hölzernen Performance keine Rolle im Musical bekommen hat, hat sie sich darüber beschwert, weil sie ein verwöhnter Balg ist und immer ihren Kopf durchsetzen will. Daraufhin hat man ihr erlaubt, beim Bühnenbild mitzumachen, damit sie nicht gekränkt ist, und sie legt es bereits so aus, als hätte sie hier das Sagen.

Das ist für mich ein absolutes Horrorszenario, dabei sind noch keine fünf Minuten seit Beginn der Probe vergangen.

»Dann zeig doch mal her, Jessica«, sagt Mrs Cooper, während hinter uns die Munchkins ein Bockspringen veranstalten. Ich präsentiere ihr die Zeichnung, die ich vom gelben Ziegelsteinweg gemacht habe.

Ich dachte mir, dass das eins der Szenenbilder werden könnte. Darum beginnt die Straße unten auf dem Bild ganz breit und wird nach oben hin immer schmaler, als würde sie über den Hügeln verschwinden.

Es wird aussehen, als könnten die Schauspieler die Straße hinunterspazieren, während sie in Wirklichkeit einfach gegen die Wand laufen würden.

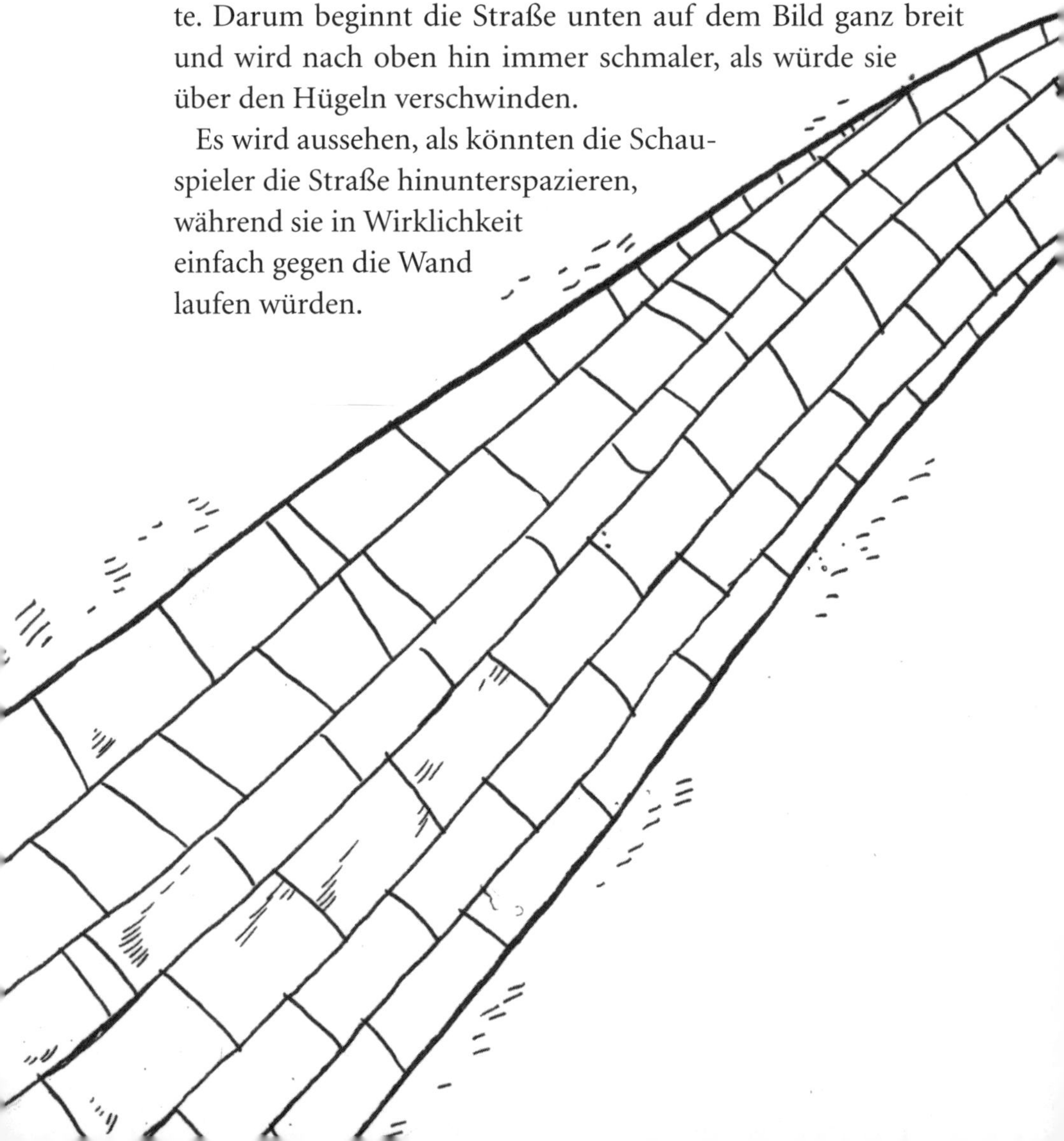

»Ich finde sie toll, Jessica.« Mrs Cooper klingt erfreulicherweise sehr beeindruckt.

»Ich schätze, es ist ganz okay«, sagt Harriet, die mir über die Schulter linst. »Aber *ich* hätte es anders gemacht.«

»Harriet, wie wäre es, wenn schon mal du die Pinsel zählen gehst?«, schlägt Mrs Cooper hastig vor. Ich frage mich für einen Moment, ob sie nur versucht, uns Harriet vom Hals zu schaffen, indem sie ihr niedere Tätigkeiten aufbrummt.

Harriet scheint das auch zu dämmern, denn sie runzelt die Stirn, geht aber dorthin, wo das ganze Arbeitsmaterial bereitsteht.

»Prima«, sagt Mrs Cooper. »Okay, zeichne das zuerst ordentlich auf, dann kannst du es vorsichtig auf die Leinwand übertragen, und alle anderen können dir helfen, es auszumalen. Wir werden natürlich noch weitere Szenenbilder besprechen müssen, aber das ist ein *großartiger* Anfang. Gut gemacht.«

»Danke«, sage ich strahlend. Das ist so aufregend! Ich werde mein erstes Bühnenbild malen!

Während ich das Bild sorgfältig aufzeichne, beginnen Amelia und Harriet am Tisch nebenan eine Leinwand abzumessen.

»Ich frage mich, wer wohl dafür zuständig sein wird, die roten Schuhe zu besorgen«, grübelt Harriet.

»Wahrscheinlich die Kostümbildner«, erwidert Amelia desinteressiert.

»Nun, sie sind ganz schön wichtig«, fährt Harriet fort. (Entweder merkt sie nicht, dass Amelia keine Lust hat, sich mit ihr zu unterhalten, oder es kümmert sie nicht.) »Sie sind so etwas wie *Tschechows Gewehr*«, fügt sie großspurig hinzu. *Was* für ein Ding?

»Faszinierend«, entgegnet Amelia trocken und klingt dabei alles andere als fasziniert.

»Was ist *Tschechows Gewehr*?« Ich muss das einfach fragen, weil ich neugieriger bin, als gut für mich ist.

Amelia guckt sauer, denn damit gebe ich Harriet genau das, was sie will: eine Gelegenheit, sich aufzuspielen.

Wie zu erwarten, verdreht Harriet über so viel Unwissenheit die Augen, bevor sie sich zu einer Antwort herablässt. »Oh mein Gott, sag bloß, das weißt du nicht?« (*Warum würde ich sonst fragen?*, denke ich geduldig.) »Manchmal vergesse ich, dass ich hier die Einzige bin, die wirklich etwas von Dramaturgie versteht«, fährt sie fort.

»Dann sag's mir eben nicht, ich kann es googeln«, antworte ich.

»Allmächtiger«, sagt Harriet, die sichtlich Spaß an der Situation hat. »Tschechow ist ein wirklich berühmter russischer Schriftsteller aus dem Viktorianischen Zeitalter. *Tschechows Gewehr* ist das dramatische Prinzip, nach dem er seine Stücke verfasst hat.«

»Aha.« Jetzt bereue ich wirklich, dass ich gefragt habe.

Aber Harriet ist mit ihrer Erklärung noch nicht fertig. »Er war der Ansicht, dass alles, was in einer Geschichte vorkommt, notwendig und unersetzlich sein sollte«, fährt sie fort. »Alles, was nicht notwendig ist, sollte entfernt werden. Um es für Laien verständlich auszudrücken: Wenn am Anfang des Stücks ein Gewehr vorkommt, dann sollte es spätestens im letzten Akt abgefeuert werden. Sonst sollte das Gewehr gar nicht erst darin vorkommen.«

»Du meinst also, die roten Schuhe sollten am Ende vom *Zauberer von Oz* gewissermaßen abgefeuert werden?«, wundere ich mich.

»Genau.« Harriet strahlt. »Siehst du, so schwer war das doch gar nicht zu begreifen«. Sie lächelt affektiert.

»Interessant«, sage ich. »Aber ich bin nicht derselben Meinung wie Tschechow.«

»*Was?*« Harriet wirkt perplex. (Aus dem Augenwinkel meine ich Amelia feixen zu sehen.) »Wieso nicht?«, will Harriet wissen.

»Weil die Geschichte dadurch total vorhersehbar wird«, erkläre ich. »Wenn man genau *weiß*, dass das Gewehr abgefeuert wird, dann gibt es keine Überraschungen und es wird langweilig. Man braucht unbedingt ein paar falsche Fährten, um die Spannung zu steigern, damit der Zuschauer sich fragt: Wird es passieren oder nicht?«

»Du kannst doch Tschechow nicht *widersprechen*«, sagt Harriet ungehalten. »Du verstehst sein Prinzip einfach nur nicht.«

»Ich verstehe es sehr wohl«, entrüste ich mich. »Es gibt keinen Grund, so unhöflich zu mir zu sein, Harriet. *Echt* jetzt. Und ich dachte, *Amelia* sei schlimm. Nichts für ungut, Amelia.«

»Passt schon«, bemerkt Amelia trocken, wobei sie mir ganz

zufrieden damit erscheint, dass ich Harriet ein bisschen das Gefieder zerzaust habe.

»Ich bin nicht unhöflich«, sagt Harriet. »Du bist einfach nur unreif.«

»Ach ja? Würde ein unreifer Mensch bei einer geheimen Bande mitmachen, die DOOF heißt?«, witzle ich.

»Man spricht es D.O.O.F. aus«, unterbricht Amelia automatisch, aber sie sieht dabei beinahe so aus, als könnte sie sich das Lachen kaum verkneifen. Beinahe.

Bevor Harriet etwas erwidern kann, kommt Mrs Cooper zu uns rüber.

»Gute Arbeit, Mädchen. Das sieht wirklich klasse aus. Toll!« Sie hält inne. »Ja, dann brauche ich jetzt zwei Leute, wie wär's mit euch, Jessica und Amelia, die sich die Farbmuster anschauen.« Sie lässt einen Farbfächer auf den Tisch fallen. »Sagt mir bitte, welcher Gelbton sich am besten eignet, damit ich die Farbe bestellen kann.«

Oh, Mist. Ich bin nicht besonders entscheidungsfreudig und fühle mich jetzt unter Druck gesetzt. Außerdem bin ich nicht sicher, ob Amelia und ich uns auf etwas einigen können.

Ich werfe Harriet einen Blick zu und sehe sie die Stirn runzeln. Das ist ein Job, den sie nur zu gern übernommen hätte. Und sie denkt wahrscheinlich, dass ich ihn nicht verdiene, weil ich doch gerade ihrem Kumpel Tschechow widersprochen habe.

Mrs Cooper hetzt davon. Der Chor auf der Bühne singt *We're Off to See the Wizard.* Amelia wirft mir einen hochmütigen Blick zu. »Also gut«, sagt sie und studiert den Farbfächer. »Das hier nicht, das nicht und das auch nicht.« Sie blättert weiter.

»Ähm, es soll eine gemeinsame Entscheidung sein«, werfe ich ein.

»Ja«, sagt Harriet. »Soll ich das nicht lieber machen? Da ihr beiden euch ja nicht einigen könnt, obwohl das von euch erwartet wird.«

»Nein, nein«, erwidert Amelia schnell und sichtlich erbost. Sie atmet langsam aus. »Okay, Jessica. Ich höre. Welche Farbe findest du am besten?«, sagt sie gedehnt und verächtlich.

»Tja, also.« Ich sehe die Muster durch. »*Zitronensorbet* ist zu blass. Und *Lampion* hat einen leichten Grünstich.« *Hmmm.* »Ich stelle mir etwas Kräftigeres vor, dass es auffällt und einen guten Kontrast darstellt, ohne zu stark zu dominieren. Also … entweder *Sonnenseite* oder *Banane.* Ich finde *Honig* und *Mais* ein klein wenig zu dunkel und bräunlich. Aber eins davon könnte sich ganz gut für die Fugen eignen. *Tropisch* ist zu hell und leuchtet zu stark. Ich stimme für *Banane.*«

»Das sind wirklich … überzeugende Argumente.« Amelia klingt so, als würden meine Überlegungen sie überraschen. »Also gut. Wir nehmen *Banane.*« Sie lächelt.

Ha! Wer hätte das für möglich gehalten? Und obendrein kann ich sogar besser Entscheidungen treffen, als ich gedacht habe.

»Mir gefällt es nicht.« Harriet stiert das Muster missbilligend an. »Ich glaube, da habt ihr die falsche Wahl getroffen.«

»Tja, was *du* denkst, spielt aber keine Rolle«, erwidert Amelia unverblümt.

Harriet plappert ungerührt weiter. »Ich weiß nicht, wieso Mrs Cooper nicht *mich* gebeten hat, die Farben auszuwählen. Ich bin in solchen Sachen doch viel besser als ihr beide.«

»Ach ja?«, spottet Amelia. »Solltest du nicht Pinsel zählen?«

Aber Harriet lässt sich nicht so leicht abwimmeln. »Ach übrigens, Amelia«, fährt sie fort. »Du solltest für diese Art von Arbeit unbedingt die Haare zurückbinden. Wir sind hier nicht bei einer Fashion Show.«

Wow. Hat Harriet Amelia gerade eins reingewürgt? Ich weiß nicht, was ich davon halten soll.

Einen Moment lang sieht Amelia stinksauer aus, dann reißt sie sich zusammen und meint: »So siehst du auch nicht aus.«

Rumms. Amelia hat Harriet die Beleidigung sofort um die Ohren gehauen.

Gott, ich bin so verwirrt. Ich weiß nicht, auf wessen Seite ich stehe. Den Rest der Probe frage ich mich, ob ich nicht einfach beide hätte abklatschen sollen.

6. kapitel

Wisst ihr, was so toll daran ist, wenn man mit Harriet VanDerk zusammenarbeiten muss? Genau. *Rein gar nichts.*

Als ich am nächsten Tag, einem Freitag, von der Schule heimkomme, steht Mum vor dem Haus und plaudert über die niedrige Hecke im Vorgarten hinweg mit Mr und Mrs VanDerk. Das ist fast immer ein schlechtes Zeichen.

Üblicherweise wird daraufhin eins von drei Dingen passieren:

1. Mum wird zu hören bekommen, dass Harriet eine besondere Auszeichnung für eine schulische Leistung bekommen hat, bei der ich komplett versagt habe. Dann wird sie auf mich sauer sein, weil ich mich nicht noch mehr angestrengt habe, und davon bekommt sie *schlechte Laune.*

2. Mum wird versuchen, mit etwas zu prahlen, das einer von uns geleistet hat, woraufhin einer der VanDerks sie ausstechen wird, und davon bekommt sie *schlechte Laune.*

3. Mum wird mit einer der wenigen Leistungen prahlen, bei denen einer von uns tatsächlich einen der VanDerks übertrumpft hat, und wird davon vorübergehend *gute Laune* bekommen. Das sieht wie ein Sieg aus, ist es aber nicht. (Es zögert die Niederlage nur etwas hinaus.) Denn später wird sie sich fragen, wieso wir nicht *immer* besser sein können, und davon bekommt sie *schlechte Laune.*

Ich meine, um ehrlich zu sein, selbst wenn sie nur übers Wetter reden würden, wäre das Wetter der VanDerks irgendwie besser als unseres, und am Ende bekäme Mum *schlechte Laune.*

Ich persönlich finde ja, dass man den VanDerks am besten aus dem Weg gehen sollte, was natürlich schwierig ist, wenn man direkt neben ihnen wohnt. Und manchmal lauern die VanDerks uns sogar auf, weil wir so eine leichte Beute sind.

»Ich bin absolut für die neue Umgehungsstraße«, höre ich Mrs VanDerk sagen, als ich dazustoße. »Dann bin ich viel schneller bei der Arbeit. Auf ein paar Bäume mehr oder weniger kommt es mir nicht an, wenn ich dafür jeden Morgen fünfzehn Minuten länger schlafen kann.« Sie kichert und Mr VanDerk stimmt ein.

»Ganz deiner Meinung«, sagt er. »Ah, da ist ja die kleine Jessica. Hallöchen!«

»Hi«, antworte ich.

»Hi Schätzchen.« Mum legt den Arm um mich und küsst mich auf den Kopf. »Wie war's in der Schule?«

Bevor ich antworten kann, sagt Mr VanDerk: »Ich hoffe, du hast dich unserer Harriet gegenüber ordentlich benommen. Sie ist nämlich die Chefbühnenbildnerin. Du musst ihr gehorchen.«

»Äh … wie bitte?« Ich unterdrücke mühsam das Lachen.

Unfassbar. Harriet hat doch tatsächlich ihre Eltern über ihre Rolle im Musical *angelogen.* Ich schätze, sie ist so daran gewöhnt, beeindruckende Sachen zu erzählen, dass sie die Tatsachen ein klitzekleines bisschen verdreht hat.

»Also, ich bin nicht sicher, was Harriet Ihnen erzählt hat,

aber das ist so nicht ganz richtig«, sage ich zögernd. »In Wirklichkeit bin ich die Chefbühnenbildnerin. Das hat Mrs Cooper gesagt.«

»Ja«, sagt Mum, um mich zu unterstützen, auch wenn sie nicht ganz im Bilde ist. »Unsere *Jessica* ist die Chefbühnenbildnerin«, wiederholt sie unnötigerweise. Oh, ich möchte da nicht hineingezogen werden, egal, worum es geht.

Einen Moment lang starren die VanDerks mich perplex an, dann gewinnt Mr VanDerk seine Fassung zurück. »Nun, du bist allenfalls die *Haupt*bühnenbildnerin, aber Harriet ist die *Chef*bühnenbildnerin. Du bist ihr also nach wie vor untergeordnet. Und wir möchten nicht, dass du ihr noch mal Ärger machst.«

Also wirklich! Diese Familie ist *unglaublich*. Die sind doch alle verrückt. Mum und ich sollten einfach ins Haus gehen.

»Was für Ärger?«, fragt Mum. »Was wollen Sie damit andeuten?« *Neiiin.* Lass es gut sein, Mum!

»Jessica und ein Mädchen namens Amelia haben sich gestern Harriet gegenüber etwas vorlaut benommen, als es um irgendwelche Farben ging«, sagt Mr VanDerk.

»Das stimmt nicht«, stelle ich klar.

»Ist schon gut«, sagt Mr VanDerk, als hätte ich mich entschuldigt. »Aber überleg dir in Zukunft, was du sagst.«

Mum scheint mir zu glauben, vermutlich weil sie weiß, dass ich mich mit einem Mädchen namens Amelia nicht allzu gut verstehe. Darum geht sie der Sache nicht weiter nach, jedenfalls nicht hier in aller Öffentlichkeit. Wir verabschieden uns von den VanDerks und verziehen uns ins Haus. Aber sobald wir drin sind, will Mum genau wissen, was los ist. Ich erkläre es ihr, so gut ich kann.

»Aber dann *lügt* Harriet ja«, schließt sie ganz richtig. »Ich werde nicht zulassen, dass diese kleine Wichtigtuerin sich aufspielt, als ob sie das Sagen hätte. Oder dass unsere Nachbarn sich vor uns als die feinen Herrschaften aufspielen, obwohl sie im Unrecht sind.«

»Mum, das ist schon in Ordnung. Ich finde es höchstens traurig, dass Harriet deswegen gelogen hat.«

»Ich werde es nicht zulassen, dass dein guter Name beschmutzt wird«, erwidert Mum eisern. *Welcher gute Name?*, frage ich mich.

»Bist du sicher, dass du dich nicht nur deswegen aufregst, weil es um die VanDerks geht?«, frage ich sie. »Wenn es um irgendwelche anderen Leute ginge, würdest du mir raten, sie zu ignorieren und einfach meinen Job zu machen.« Mum denkt einen Augenblick darüber nach.

»Ich habe Hunger!«, höre ich meine Schwester von nebenan rufen.

»Tammy!« Ich laufe in die Küche und umarme sie.

»Wie macht sich Lady?«, erkundigt sich Tammy.

»Großartig«, sage ich. »Sie und Ryan sind praktisch unzertrennlich.«

»Die VanDerks sind für die neue Umgehungsstraße«, wirft Mum ein, während sie zwei Marken-Tiefkühlpizzen aus dem Gefrierfach nimmt. Dad schneidet die Zutaten für den Salat. (Juhu! Freitagabend-Pizza! Bye, bye Sparkurs!)

»*Quelle surprise*«, gibt Tammy zurück. »Das ist so typisch für sie. Das wäre allein schon Grund genug, sich mit denen nicht mehr abzugeben. Du solltest jetzt gerade

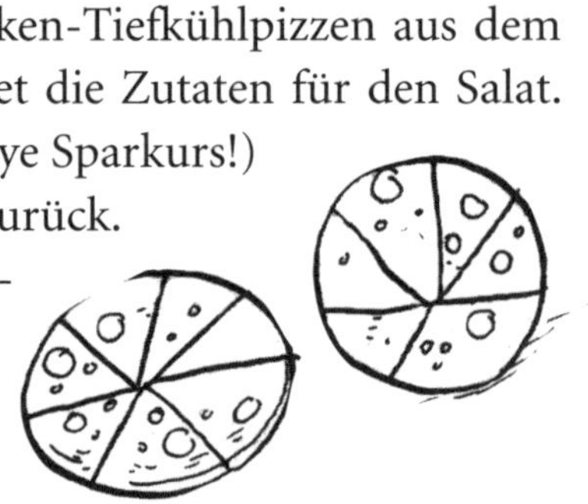

zum Trotz mithelfen, Proviant für die Demonstranten zu besorgen.«

»*Eine Demo?*« Dad scheint die Ohren zu spitzen. »Es wird eine Demo geben? Zur Rettung des Waldes?«

»Na, und ob«, sagt Tammy. »Man kann doch nicht zulassen, dass der Wald grausam zerstört wird.« (Dad nickt ernst.) »Und alles nur, weil Geld die Welt regiert.« Tammy erwärmt sich immer mehr für das Thema. »Das ist das Problem mit dem Kapitalismus, wisst ihr. Die Menschen zerstören die Zukunft unseres Planeten, nur um sich zu bereichern.«

»Da hast du vollkommen recht«, stimmt Dad ihr zu.

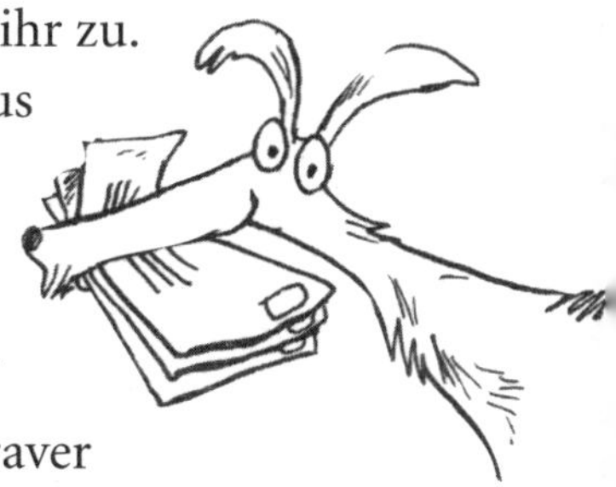

Lady kommt in die Küche. Etwas hängt ihr aus dem Maul. Wir brauchen eine Sekunde, um zu erkennen, dass es sich um die Post handelt.

»Lady, *aus*!«, befiehlt Dad. Lady lässt den angekauten, mit Spucke durchweichten Brief schwanzwedelnd auf den Boden fallen. »Braver Hund!«, lobt Dad.

»Sie ist *nicht* brav, wenn sie auf der Post herumkaut«, bemerkt Mum.

Lady ist schlau genug, das zu deuten, und läuft aus der Küche. Mum bückt sich und hebt den feuchten Brief auf. »Eine Rechnung. So kann es nicht weitergehen, das wird ja immer schlimmer.«

Ich beschließe, dass ich Wichtigeres zu tun habe, als meinen Eltern und meiner Schwester zuzuhören, wie sie beratschlagen, ob man Lady in eine Hundeschule schicken sollte, also gehe ich nach oben.

Ich finde Lady und Ryan in seinem Zimmer. Er trägt einen Astronautenhelm und sitzt in einem improvisierten Zelt-

Raumschiff (eine Decke, die am Griff der Schranktür befestigt ist). Ryan hat für Lady aus einer Pappschachtel anscheinend einen behelfsmäßigen Astronautenhelm gebaut.

»Ryan, ich weiß nicht, ob das –«

»Alle an Bord!«, krakeelt Ryan, als er mich sieht. »Auf zum Mond! Dort sind wir in Sicherheit.«

Ich krieche zu ihm unter die Decke. Ob ich ihm sagen soll, dass wir auf dem Mond nicht wirklich in Sicherheit sind, weil es dort keine Luft zum Atmen gibt? Aber Ryan hat seinen Spaß. Er macht für die Reise Motoren- und Raketengeräusche, während wir uns mal nach links, mal nach rechts neigen. Also lasse ich ihn in dem Glauben.

»Hey, Ryan?«, sage ich, nachdem wir neben der Mondlandefähre (dargestellt von seinem Plüsch-Saurier) ausgestiegen sind.

»Ja?«

»Wir haben Lady doch sehr lieb, nicht wahr?«

»Ja.« Sofort legt Ryan die Arme um sie.

»Und wir möchten, dass sie bei uns bleiben darf, stimmt's?«

»Ja«, sagt Ryan fest.

»Mum regt sich ziemlich darüber auf, dass sie Sachen zerkaut. Ich dachte mir, dass du und ich vielleicht aufpassen sollten, dass nichts herumliegt, was sie anknabbern könnte. Weißt du, wir könnten aufpassen und für etwas mehr Ordnung sorgen, damit sie nicht noch mehr Ärger bekommt.«

»Ja, klar, auf jeden Fall«, erwidert Ryan und wir besiegeln es mit einem Handschlag.

In meiner Hosentasche vibriert mein Handy. »Warte kurz, Ryan, ich muss rangehen«, sage ich und komme mir dabei wie eine besonders wichtige Person in einem Film vor.

Es ist Joshua! »Hallo«, melde ich mich und versuche, dabei nicht allzu erfreut zu klingen. Ich schließe meine Zimmertür. »Wann wollen wir uns morgen treffen?«

»Deswegen rufe ich an«, sagt Joshua. »Es tut mir echt leid, aber ich fürchte, ich kann morgen nicht ins Einkaufszentrum kommen und mit dir das ultimative Elternhandbuch planen. Und Tanya kann wohl auch nicht. Wir haben darüber gesprochen und uns überlegt, dass wir stattdessen lieber unsere Rollentexte einstudieren sollten.«

»Oh, okay«, sage ich. Verflixte Schauspieler, denke ich. Schon jetzt *total* unzuverlässig, was für ein Klischee.

»Du bist hoffentlich nicht sauer?«, erkundigt er sich.

»Aber nein«, sage ich vernünftig. Ich meine, wenn man gerne ein Klischee sein möchte, bitte sehr. Das behalte ich aber für mich. »Natürlich nicht. Ich bin schließlich so ziemlich der coolste Mensch auf der Welt.«

Er kichert. »Oh ja. Das sagen alle über dich.«

»Echt jetzt? *Wusste* ich es doch«, scherze ich. Er lacht.

Tja, ich schätze, da kann man nichts machen. Wenn sie sich in ihren Rollen sicherer fühlen, wird sich bestimmt alles beruhigen. Wir quatschen noch ein bisschen, dann wird Joshua zum Abendessen gerufen.

Hmmm. Jetzt habe ich den ganzen Samstag frei. Ich weiß was. Ich rufe Nat an und frage sie, ob sie mit mir schwimmen gehen will. Das wird ein Spaß!

Aber als ich Nat erreiche, sagt sie, dass sie keine Zeit für mich hat, weil sie ihren Text lernen muss.

»Aber danke, dass du an mich gedacht hast. Das ist so lieb von dir«, flötet sie.

Na klar habe ich an dich gedacht, denke ich verwirrt. *Du bist meine beste Freundin.* Es ist eine Schande, dass sie nicht mal *eine halbe Stunde* für mich freischaufeln kann. Früher haben wir immer Zeit füreinander gehabt, egal, was los war. *Hmmm*, denke ich und erinnere mich an das Artenschutzprojekt und an alles, was dabei schiefgegangen ist … Na ja, wenigstens habe ich es versucht.

Also gut. Dann eben ein Piraten-Lego-Marathon mit Ryan. Wie lange er dabei wohl seinen Astronautenhelm aufbehält?

7. kapitel

Sechzig Prozent der Zeit, für alle, die es interessiert. Nach meiner groben Schätzung hat mein Bruder an diesem Wochenende seinen Helm sechzig Prozent der Zeit aufgehabt. Beim Essen musste er ihn absetzen und auch, als Dad uns zum Schwimmen und in die Bücherei mitgenommen hat.

Am Montagmorgen fällt mir auf, dass heute keiner nervlich besser drauf ist, obwohl sie am Wochenende alle ihre Rollen gelernt haben. Natalie wirkt aufgeregt, Joshua ist ungewöhnlich ruhig und selbst Tanya hat Ringe unter den Augen.

Wann immer ich in den Pausen und beim Mittagessen Gelegenheit dazu habe, versichere ich Natalie, dass sie großartig sein wird, aber es scheint sie nicht merklich aufzuheitern. (Immerhin bekomme ich mittags ein paar von ihren Pommes ab, weil sie nicht alle schafft. Natürlich wäre es mir viel lieber, wenn sie nicht so nervös wäre, aber einem geschenkten Gaul … ihr wisst schon.)

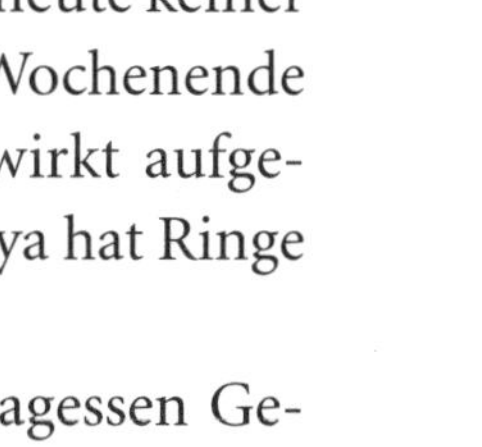

»Oh Gott, warum tue ich mir das an?«, keucht Natalie dramatisch, als es nach der letzten Stunde klingelt und wir zur Probe gehen.

»Weil du ein *Star* bist, Liebes!«, entgegne ich mit übertriebenem Getue.

Nat umarmt mich lachend. »Was würde ich nur ohne dich machen, Jess?«, sagt sie.

»Bis später«, antworte ich. »Ich muss Zeugs malen und gleichzeitig eine motzende Harriet VanDerk ertragen.« Nat lacht schon wieder. Immerhin scheine ich sie endlich ein bisschen aufgemuntert zu haben.

»Hi«, sagt Amelia, als ich mich in der Aula zu ihr geselle. Die riesigen Leinwandteile, auf denen ich den gelben Ziegelsteinweg vorgezeichnet habe, liegen auf mehreren zusammengerückten Tischen. Es wird Spaß machen, sie auszumalen.

»Hi«, entgegne ich. Wie immer bin ich in Amelias Gegenwart angespannt, als würde ich jeden Augenblick damit rechnen, dass sie mich beleidigt.

»Ich frage mich, was uns *Ihre Hoheit, die Königin der Welt* heute vorhalten wird«, sagt sie trocken.

Ihre Bemerkung überrascht mich und ich kichere. »Ha, oh ja«, sage ich.

»Die Farbe ist gekommen«, fügt sie hinzu und hebt einen großen Eimer *Banane* auf einen Stuhl neben den Tischen.

Mir war nicht klar, dass Amelia so einen sarkastischen Humor hat. (Vielleicht, weil er normalerweise auf meine Kosten ging.) Bedeutet das, dass wir uns allmählich allen Ernstes in Richtung einer Beziehung entwickeln, die man als *Freundschaft* bezeichnen könnte?

»Der ist total schwer zu öffnen.« Amelia deutet auf den Deckel. »Ich will mir damit nicht meine frisch lackierten Fingernägel ruinieren. Aber deine sind sowieso hässlich. Könnest du ihn aufmachen?«

Anscheinend doch nicht. Wir sind nach wie vor »Freindinnen«. Immerhin weiß ich jetzt, woran ich bin. Ich schaffe es, den Deckel mit einem Pinselstil aufzuhebeln, und wir beginnen zu malen. Von der Bühne hören wir, wie die Probe läuft.

»Oh, Tante Em! Tante Em!«, ruft Natalie, die einen Stoffhund im Arm hält, der Toto sein soll.

Hannah (die meine Cartoons mag – ich habe für sie mal einen Hasen gezeichnet) spielt Tante Em und erwidert: »Nicht jetzt, Dorothy!«

»Aber Tante Em, die böse Miss Gulch hat Toto geschlagen! Nur weil er ihre fiese, alte Katze gejagt hat!«

Mrs Cooper huscht herum, gibt Anweisungen und zeichnet selbst hie und da etwas. Sie schickt Fatimah und Megan zu uns, damit sie mithelfen. (Und um sie von Emily zu trennen, mit der sie angeblich zu viel gequatscht haben, anstatt ordentlich zu arbeiten, was sie unfair finden.)

»Ich kriege dich! Und deinen kleinen Hund auch!«, kreischt Tanya auf der Bühne und bricht in ein irres Kichern aus. Ich muss sagen, ich liebe Tanya als böse Hexe. Sie hat so viel Spaß daran, fies zu sein.

»Hallo, ihr.« Harriet kommt an unseren Tisch. Sie lächelt süßlich. »Übrigens verwendet ihr die falsche Farbe.«

Amelia und ich sehen uns an. »Nein, tun wir nicht«, sagt Amelia.

»Wir verwenden nur die Farbe, die *dir* nicht gefällt«, ergänze ich.

»Ihr wisst ja, wie leicht man sich irren kann. Je leerer der Kopf, desto geschwätziger die Zunge«, erwidert Harriet selbstgefällig.

»Du sprichst in Rätseln«, bemerke ich.

»Wie?« Harriet hält inne. »Du kennst selbst die geläufigsten Sprichwörter nicht?«

»Wenn sie so nichtssagend sind, brauche ich sie nicht zu kennen«, antworte ich.

»In jedem Aphorismus steckt eine tiefere Einsicht«, erklärt Harriet wichtigtuerisch.

Ihr aufgeblasenes Gehabe wird mir allmählich zu bunt. »Manchmal schwatzt der leere Kopf wirklich gern«, sage ich.

»Genau wie in diesem Fall«, meint Amelia und ich muss widerwillig loslachen.

»Macht nur weiter so, ich habe es bloß gut gemeint«, sagt Harriet hochmütig und schlendert davon.

Puh, denke ich. Wir vier entspannen uns wieder, und Megan schlägt vor, dass wir *Entscheide dich!* spielen, weil wir das im Kunstunterricht manchmal machen. Amelia hat es noch nie gespielt.

»Wirklich?« Fatimah klingt schockiert.

»Was hast du nur dein ganzes Leben lang getrieben?«, meine ich im Spaß.

Amelia sieht einen Moment lang so aus, als wollte sie eine bissige Bemerkung machen, aber dann wird ihr wohl klar, dass außer uns dreien niemand Cooles da ist, den sie beeindrucken könnte, also beschließt sie, es gut sein zu lassen. »Und wie spielt man das?«, fragt sie.

Während der nächsten halben Stunde unterhalten wir uns fröhlich beim Ausmalen der Leinwand. Ich erfahre ein paar unnütze Dinge über Amelia.

Sie würde zum Beispiel lieber Buntstifte als Würstchen anstelle ihrer Finger haben. Sie wäre lieber gezwungen, jeden

Satz mit »Laberkram« zu beenden als mit »Zwerg«.

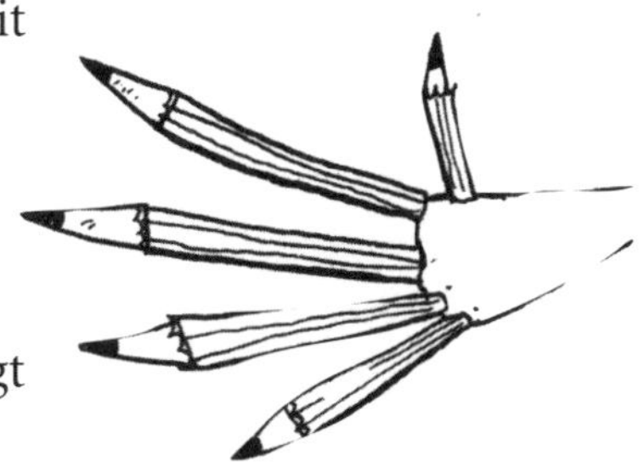

»Okay«, sagt Megan. »Ich habe noch eine. Worauf würdest du lieber *für immer* verzichten: Schokolade oder Käse?«

»Wäre Ziegenkäse noch erlaubt?«, fragt Amelia. Wir überlegen kurz.

»Nein«, entscheidet Fatimah.

»Dann würde ich lieber auf Schokolade verzichten«, sagt Amelia.

»*Was?*«, rufe ich. »Keine Schokolade?!«

»Ich habe mir das genau überlegt«, sagt Amelia. »Käse ist fast überall drin, als könnte ich immer noch Pizza essen und Carbonarasauce …«

»Sie hat recht«, sagt Megan.

»Pizza würde mir wirklich fehlen«, räume ich ein. »Aber ohne Schokolade könnte ich nicht leben.« (Ups, klinge ich wie Ryan?)

Wir haben fast drei Viertel des gelben Ziegelsteinwegs ausgefüllt, als Harriet und Mrs Cooper zu uns rüberkommen. »Sehen Sie, Mrs Cooper?«, sagt Harriet. »Sie haben die falsche Farbe benutzt.« (Was führt sie denn jetzt schon wieder im Schilde?)

»Aber nein«, versichere ich. »Wir haben *Banane* genommen, genau, wie Sie es wollten.«

»Oh nein!«, ruft Mrs Cooper. »Das ist tatsächlich die falsche Farbe, Mädchen.« Sie legt sich in einer verzweifelten Geste die Hände in den Nacken.

»Aber das ist die, die wir ausgesucht haben und die Sie bestellen wollten«, sagt Amelia.

»Nun ja, schon, aber es gab eine Änderung«, erklärt Mrs Cooper. »Harriet hat gesehen, dass *Trompete* im Sonderangebot war, also habe ich die Bestellung geändert. *Banane* ist nur die Schattierung des Wegs, damit die Steine echt aussehen. Harriet, hast du ihnen nicht gesagt, dass sie die falsche Farbe verwenden?«

»Doch«, säuselt Harriet feixend.

»*Nein*«, sagen Amelia und ich gleichzeitig.

»Na ja«, räume ich ein. »Sie hat es uns vorhin erst gesagt.« Und sie hat es so klingen lassen, als würde sie schwindeln.

»Ach du je, was für eine entsetzliche Verwechslung«, regt sich Mrs Cooper auf. »Es tut mir schrecklich leid, Mädchen, aber ihr werdet noch mal von vorn anfangen müssen. Sonst reicht die Farbe nicht. Oje, oje.«

»Im Ernst?«, entfährt es mir. Ich kann kaum glauben, dass das wirklich passiert. Oder wie zufrieden über den ganzen Schlamassel Harriet dreinschaut.

»Ja.« Mrs Cooper sieht mindestens so entsetzt aus, wie ich

mich fühle. »Jetzt müsst ihr es trocknen lassen, bevor ihr daran weiterarbeiten könnt. Vielleicht könntet ihr mit dem Mohnfeld-Hintergrund anfangen? Aber verwendet diesmal *Trompete*. Obwohl, dafür reicht die Zeit gar nicht mehr. Hmmm. Oje, ich hoffe, wir hinken jetzt im Zeitplan nicht zu weit hinterher. Was machen wir bloß?« Mrs Cooper denkt nach und fährt sich mit den Fingern durch die Haare.

»In Zukunft werdet ihr hoffentlich auf mich hören«, wendet sich Harriet wichtigtuerisch an uns.

»Sag mal, hast du sie noch alle, Harriet?«, fahre ich sie an.

»Woher sollten wir wissen, dass ihr die Bestellung geändert habt?«, fragt Amelia. »Während der letzten Probe hast du uns immer nur kritisiert und schikaniert. Du führst dich auf wie ein irrer Kontrollfreak.«

Harriet lächelt gleichmütig. »Mrs Cooper? Sollte Amelia sich bei solchen Arbeiten nicht besser die Haare zurückbinden?«

Poff! (Wie konnte sie nur!)

Mrs Cooper wird aus ihren Überlegungen gerissen. »Wie bitte? Ach so, ja, Amelia, binde dir doch bitte die Haare zurück«, sagt sie geistesabwesend.

Amelia sieht aus, als würde sie gleich explodieren, sagt aber nichts. Ich bin ziemlich sicher, dass Harriet gerade eine Grenze überschritten hat und dass sie das vielleicht noch bereuen wird.

»Ich gehe kurz zurück ins Büro und schaue, ob es noch irgendwelche kleineren Arbeiten gibt, die ihr in der restlichen Zeit erledigen könntet«, sagt Mrs Cooper schließlich. »Was für eine schreckliche Zeit- und Farbverschwendung«, murmelt sie im Weggehen.

Harriet verschränkt die Arme und lächelt uns zufrieden an. »Ich schätze, ich habe euch gezeigt, mit wem ihr es zu tun habt«, sagt sie.

»Mit einer blöden Kuh?«, fragt Megan. Wir vier erdolchen Harriet mit Blicken, aber leider scheint sie das zu genießen.

»Beleidige sie nicht, sonst geht sie wieder petzen«, sagt Fatimah. »Am besten ignorieren wir sie einfach.«

»Davon würde ich an eurer Stelle Abstand nehmen«, gibt Harriet zurück. (*Abstand nehmen*? Wo hat sie nur ihre Ausdrucksweise her?) »Ich überwache von nun an das Bühnenbild, und ihr müsst tun, was ich sage.«

Arrgghhh. Ich könnte sie umbringen … ruhig bleiben, ruhig bleiben … Das ist wirklich das Allerhinterletzte! Ich glaube, mein Blut kocht. Ich muss knallrot im Gesicht sein, und zwar nicht vor Scham, sondern vor Wut. Jetzt reicht es mir endgültig.

»Nein, du überwachst hier überhaupt nichts, Harriet.« Ich schaffe es, nicht zu schreien. »Du hast hinter unserem Rücken die Farbe geändert und uns das Bild fast komplett ausmalen lassen, bevor du ernsthaft dazwischengegangen bist. Mit deinem Verhalten sabotierst du die ganze Inszenierung.«

»Allerdings«, stimmt Megan mir zu.

»Hier geht es um Teamwork«, fügt Fatimah hinzu.

»Und ein Team besteht nicht nur aus einer Person, falls du das annimmst«, ergänzt Amelia.

»Das nicht, aber es gibt immer eine Person, die ein Team leitet«, sagt Harriet selbstgefällig. Sie ist so aufgeblasen, dass es uns allen erst mal die Sprache verschlägt. Sie nutzt die Gelegenheit, um davonzustolzieren, bevor ich dazukomme, sie zu berichtigen. Die Person, die dieses Team leitet, ist nicht sie, die bin ich. *Arrrggghhh.*

»Kannst du dir das *vorstellen*?«, frage ich Nat, als ich mit ihr und Amelia im Bus heimfahre. Ich schäume immer noch vor Wut. Ich habe ihr gerade die ganze Geschichte erzählt und mich dabei wieder total reingesteigert.

»Ja, das ist ziemlich mies«, sagt Natalie, klingt aber, als wäre sie nicht richtig bei der Sache.

»Ziemlich mies? *Ziemlich* mies? Es ist gigantisch und über alle Maßen katastrophal!«, berichtige ich.

»Jetzt übertreibst du aber«, sagt Nat ruhig.

»Oh nein«, sage ich.

»Bleibt denn noch genug Zeit, um das Bühnenbild fertigzustellen?«, fragt Nat.

»Ja, vermutlich«, erwidere ich. »Aber es geht im Prinzip darum –«

»Dann ist ja alles in bester Ordnung«, unterbricht mich Nat. »Konzentrier dich auf das Gute. Es ist kein echtes Problem. Denk mal an *mich*. Die Verantwortung für die ganze Inszenierung lastet auf mir.« Sie lacht, um es nicht so entsetzlich arrogant klingen zu lassen, aber Amelia und ich sehen sie einen Augenblick verwundert an.

»Echt jetzt?«, hake ich nach. »Ich dachte, das ganze Ensemble würde sich die Verantwortung teilen.«

»Doch, echt!« Natalie gibt sich gespielt entrüstet. »Ich bin die Hauptdarstellerin, Jess. Denk mal darüber nach. Alle Augen werden auf mich gerichtet sein. Ich stehe jetzt schon gewaltig unter Druck. Ihr solltet netter zu mir sein und mir helfen, Stress abzubauen, anstatt mich mit euren langweiligen Geschichten über Harriet VanDerk zu nerven.« Sie kichert wieder, als wollte sie ihren Worten die Schärfe nehmen, aber Amelia und ich lachen nicht mit.

»Ach, mach dir keine Sorgen«, sage ich. »Du bist wirklich gut, du schaffst das.«

»Danke, Baby.« Nat lächelt.

Baby? Im Ernst. Wieso fängt sie jetzt wieder *damit* an?

Wir sind an meiner Haltestelle angekommen und verabschieden uns.

»Und wenn du mich fragst«, meldet sich Amelia noch mal unerwartet zu Wort. »Ich fand es gut, dass du Harriet vorhin in ihre Schranken gewiesen hast.«

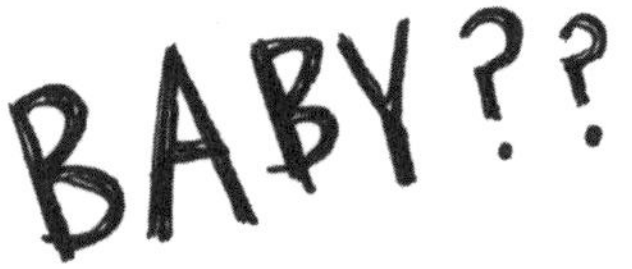

»Danke«, erwidere ich und bin überraschend glücklich darüber, dass meine ehemalige Erzfeindin mir eins ihrer seltenen Komplimente macht. Erzfeindin-Freundin. *Erzfreindin*? (™Jessica Morris 2014.) »Zu dumm, dass sie nicht zugehört hat.«

Amelia lächelt traurig und ich steige aus dem Bus. Ich bin verwirrt, aber seltsamerweise viel besserer Laune.

8. kapitel

»Okay, Lewis«, sage ich am Dienstag in der Mittagspause und hole meinen Stift raus. »Hau rein.« Lewis macht ein erschrockenes Gesicht. »Nicht wörtlich«, füge ich hinzu. »Lass mich deine Ideen hören.«

Joshua und Tanya haben das offizielle Comic-Meeting in der Mittagspause abgesagt. Das ist eine neue, besorgniserregende Entwicklung. Genau genommen haben sie es nicht abgesagt, denn es findet ja ohne sie statt, aber sie haben sich abgemeldet, damit sie ihren Text lernen können. (*Schauspieler!*)

Wenn das so weitergeht, muss ich mal ein ernstes Wörtchen mit ihnen reden. Es ist Lewis und mir gegenüber nicht fair. Besonders mir gegenüber, da ich es nicht erwarten kann, mit dem Elternhandbuch anzufangen. Aber Joshua besteht darauf, dass ich damit warte, bis wir uns gemeinsam dransetzen können.

So ist das, wenn man auf zwei Hochzeiten tanzt. Er hatte doch tatsächlich die Dreistigkeit, uns untersagen zu wollen, dass wir ohne ihn darüber sprechen. Das bringt wirklich das Fass zum Überlaufen. Mit mir hat er es sich damit gründlich verdorben, egal wie gut er Slapsticknummern tanzen kann.

Wir können es uns nicht erlauben, hinter unserem Zeitplan hinterherzuhinken (den wir zugegebenermaßen selbst aufgestellt haben). Genau das mussten sie mir im letzten Halbjahr verklickern, als ich so durch den Wind war, weil sie den Cartoon von dieser Scarlett verwenden wollten: dass ich mich nicht so furchtbar wichtig nehmen soll. Warum dürfen sie das jetzt? Diese Heuchler.

Ich meine, ich bin schon von mehr als zwei Leuten gefragt worden, wann die nächste Ausgabe erscheint. (Zugegeben, es waren Megan und Fatimah, gestern bei der Probe, bevor wir den gelben Ziegelsteinweg mit der falschen Farbe ausgemalt haben. Ich ließ beiläufig die Bemerkung fallen: »Ich kann es kaum erwarten, dass die nächste Ausgabe von *Höll*fern erscheint, denn sie wird richtig grandios.« Und sie haben gefragt: »Au ja, wann ist es so weit?« Aber das zählt trotzdem.)

»Okay.« Lewis wirkt schüchtern, aber entschlossen.

Von allen, die beim Comic mitmachen, weiß ich über Lewis am wenigsten. Ich mag ihn aber. Glaube ich. Im Großen und Ganzen. Wir waren uns mal uneinig, weil er im Gegensatz zu mir nicht wollte, dass Tanya mitmacht. Und er ist sehr ernst, während ich oft herumalbere, darum reden wir manchmal aneinander vorbei.

Er ist so was wie ein Nerd und der einzige Mensch, den ich kenne, der Angst vor seinem eigenen Schatten hat, dabei aber irgendwie arrogant rüberkommt.

»Okay«, wiederholt er, um in Fahrt zu kommen. »Ich hab folgende Idee: Wir zeichnen die Lehrer als Figuren aus *Star Wars*.«

»Ach ja?«, bemerke ich. Lewis ist ein RIESIGER *Star Wars*-Fan (aber nur von den alten Filmen).

»Toll«, sage ich und mache mir ein paar Notizen. »Das ist schon mal eine Idee. Die heben wir uns für später auf. Was sonst noch?«

»Okay«, sagt Lewis. »Du weißt ja, dass unser Schulmusical *Der Zauberer von Oz* ist.«

»Klar.« Ich nicke und halte den Stift bereit. Normalerweise führt Tanya Protokoll, und ich finde es irgendwie strange, diesen Part zu übernehmen.

»Nun, wie wäre es, wenn wir Cartoons von allen Rollen zeichnen, aber als Figuren aus *Star Wars*?«

»Äh.« Das scheint immer auf das Gleiche rauszulaufen. Ich notiere mir die Idee trotzdem. »Wäre das nicht verwirrend?«

»Nee, mehr so: Dorothy ist Prinzessin Leia.«

Hmmm.

»Na dann, okay.« Ich halte inne und versuche, taktvoll zu sein. »Wie steht es mit den Roland-Comics? Hast du noch welche?« Joshua und Lewis schreiben gemeinsam einen wirklich witzigen Comicstrip über »Roland, den schwächelnden Superhelden«.

»Joshua möchte nicht, dass ich ohne ihn weitermache.« (Na, das war ja klar.)

»Verstehe. Okay.« Ich unterdrücke ein Seufzen. »Vielleicht könnten wir beide uns einen neuen Comic-Helden ausdenken?«, schlage ich gut gelaunt vor, ohne zu ergänzen:

Selbst wenn wir bisher noch nie gemeinsam an etwas gearbeitet haben.

»Äh …« Lewis wirkt verlegen und alles andere als begeistert. »Okay.« Er überlegt kurz. »Wie wäre es mit einem Comic darüber, was Han Solo gedacht hat, als er in Karbonit eingefroren war?«

»Aus *Star Wars*?«

»Ja.« Lewis nickt.

»Also gut, ich schreibe das auf, aber lass es uns erst mal für später festhalten«, sage ich.

Die Gedanken sind frei, wie ich Mum zu sagen pflegte, darum wäre es falsch, einen von Lewis' Vorschlägen zu kritisieren. Aber trotzdem. Die nächste Ausgabe könnte etwas eintönig geraten, wenn wir nicht aufpassen. Joshua hat nie erwähnt, dass seine Zusammenarbeit mit Lewis hauptsächlich darin besteht, seine ganzen *Star Wars*-Ideen abzuschmettern.

»Oh, hey«, sagt Amelia zu mir, als ich am Dienstag nach der Mittagspause wieder ins Klassenzimmer zurückkomme.

»Hey«, entgegne ich. Es macht mich immer noch seltsam nervös, wenn Amelia nett zu mir ist.

»Oh mein Gott, kann eine von euch diesen Haargummi halten?« Natalie lässt ein Haarband in Amelias Hand fallen.

»Was gibt's?«, erkundige ich mich.

»Ich will mir unbedingt Zöpfe machen, damit ich mich besser in meine Rolle hineinversetzen kann, aber ohne Spiegel ist das verflixt schwer«, antwortet Natalie, löst einen der beiden Rattenschwänze wieder auf und fängt an, ihn noch mal zu flechten.

Plötzlich wird mir klar, dass ich nicht Natalie, sondern Amelia gefragt habe. Das ist merkwürdig. Ich schätze, ich war einfach nur verblüfft, weil sie mich angesprochen hat.

»Und was gibt's bei dir?«, frage ich Amelia.

»Wir müssen Harriet irgendwie in den Griff kriegen, bevor sie alles ruiniert«, sagt Amelia.

»Allerdings«, sage ich. »Aber wie?«

»Ist er gleichmäßig?«, unterbricht uns Natalie. Bevor eine von uns antworten kann, sagt sie: «Nein, bestimmt nicht. So ein Mist.« Sie löst den Zopf wieder auf und fängt noch einmal an.

»Tja«, sagt Amelia. »Mum meint immer, wenn das Leben dir Zitronen gibt, mach Limonade draus.«

»Ja.« Ich überlege. «Wir können Harriet ja schlecht umbringen und aus ihrem Blut ein Erfrischungsgetränk herstellen.«

Zu meinem Erstaunen bricht Amelia in Gelächter aus. Ich bin aufrichtig schockiert. Wenn ich so einen Witz reiße, würde sie mir normalerweise sagen, dass ich aufhören soll, abstoßend zu sein. Ich glaube, ich habe sie noch nie zuvor zum Lachen gebracht. Jedenfalls nicht absichtlich.

»He, ihr seid mir keine große Hilfe«, bemerkt Natalie verärgert.

»Soll ich dir den Zopf machen?«, frage ich.

»Na endlich«, sagt Nat. »Danke. Du musst mich nämlich unterstützen. Das Musical setzt mich wahnsinnig unter Druck. Und jetzt müssen wir uns auch noch ein furioses Ende einfallen lassen. Niemandem gefällt das langweilige Schlusslied. Wir brauchen ein Finale, bei dem alle zusammen singen und tanzen.«

Während ich Natalies Haare flechte, kommt mir zum ersten Mal der Gedanke, dass sie vielleicht nicht beim Musical mitmachen sollte, wenn es sie so unter Druck setzt.

Immerhin bekommen wir daheim jetzt wieder Marken-Chips und Mum hat Pfefferminzriegel gekauft. Ich schätze, so ein bisschen *Yin und Yang* gehört einfach zum Leben dazu.

Ich weiß nicht, wie ich Harriet stelfen™ kann, bevor sie zum totalen Albtraum wird.

Als ich am Abend mit Ryan eine Runde Piraten-Lego spiele, kommt mir nur der Gedanke: *Lass sie über die Planke gehen*, was aber keine echte Option ist, da wir kein Schiff haben und so ein Mordversuch sowieso illegal wäre.

9. kapitel

»In Ordnung!«, dröhnt Mrs Cooper bei der Probe am Donnerstag.

Sie ist kaum zu hören, denn die Schauspieler lernen gerade den Tanz zu *If I Only Had a Brain.* (Die Lehrerin hat einige von Joshuas Moves eingebaut!) Ich freue mich für ihn. Andererseits macht ihn das noch eingebildeter und lenkt ihn noch mehr vom Comic ab. Darauf könnte ich gerne verzichten.

»Holt die Leinwände, an denen ihr das letzte Mal gearbeitet habt, und legt sie auf die Tische. Immer zu zweit«, fährt Mrs Cooper fort.

Amelia und ich tragen unsere Leinwand vorsichtig zum Tisch. »Hopp, hopp«, meint Harriet grinsend, als wir an ihr vorbeigehen. Es gelingt mir sogar beinahe, ihr nicht den Gefallen zu tun, darauf zu reagieren.

Mir fällt auf, dass Harriet überhaupt nichts tut. Alle anderen helfen, die Tische zusammenzustellen und die Leinwände anzuordnen. Aber Harriet steht nur herum und führt sich auf, als wäre sie Mrs Coopers rechte Hand.

»Du hast recht«, sage ich zu Amelia, als wir außer Hörweite sind. »Sie wird mich noch in den Wahnsinn treiben. Wir müssen etwas unternehmen.«

»Ich *weiß*«, sagt Amelia. »Und meine Haare haben jetzt diesen total bescheuerten Knick, weil ich sie ständig zurückbinden muss. Den kriege ich nicht mehr raus. Meine Haare sind nicht so rau wie deine, sie sind ganz weich und behalten jede Form bei, in die man sie bringt.«

»Na, vielen Dank auch«, sage ich. »Also, diese Nummer, die sie mit der Farbe abgezogen hat, war auch meganervig. Das hat uns um einen ganzen Tag zurückgeworfen und obendrein Ärger eingebracht.«

Amelia verfügt doch tatsächlich über die nötige Portion Selbstironie, um darüber zu lachen, wie von sich selbst eingenommen sie gerade geklungen hat. »Ja, das stimmt.« Sie grinst. »Aber ich rege mich wegen meiner Haare wirklich auf. Ich nehme es Harriet *persönlich* übel.«

Ich lache. Ausgezeichnet. Das hört sich an wie aus einem Film. »Würde ich an deiner Stelle auch«, sage ich.

»Ich kriege dich! Und deinen kleinen Hund auch!«, brüllt Tanya von der Bühne.

»Pst, Tanya! Du kommst in diesem Dialog nicht einmal vor!«, wird sie von Mrs Cole ermahnt. Ich denke, dass wenigstens eine von uns Spaß an dem Musical hat.

»Harriet«, höre ich Mrs Cooper sagen. »Es sieht nicht so aus, als würdest du mithelfen.«

Ha! Die Gerechtigkeit siegt. Jetzt wirst du auch deinen Beitrag leisten müssen, Harriet VanDerk. Du kannst dich nicht ewig davor drücken. Amelia und ich lächeln uns zufrieden an.

»Warum schließt du dich nicht Amelia und Jessica an und hilfst ihnen beim Malen?«, schlägt Mrs Cooper vor.

Neiiiiiin! Unser Lächeln wird zur Grimasse des Entsetzens. *Ohhh. Bleib bloß weg mit deinen ganzen Gemeinheiten.*

»Da ist wohl jemand von seinem hohen Ross geworfen worden«, ätzt Amelia, als sich Harriet zu uns gesellt und einen Pinsel nimmt.

»Mir gefallen deine Haare mit dieser Frisur«, erwidert Harriet salbungsvoll.

Es macht mir immer noch Spaß, beim Schlagabtausch der beiden zuzusehen. Wobei meine Sympathien jetzt eher bei Amelia liegen, obwohl sie gerade eben noch meine Haare beleidigt hat.

Eine Weile malen wir in angespanntem, unglücklichem Schweigen. Dann habe ich eine Idee, wie ich mich an Harriet rächen kann oder sie zumindest ein wenig ärgern. Es ist belanglos und albern. Ich habe es mal in einer Komödie gesehen.

Ich murmle das Wort: »Idioten«, dann lauter: »Sagen was.«

»Was?«, fragt Harriet.

»Haha!«, lache ich. Amelia fängt meinen Blick auf und kichert.

»Was?« Harriet sieht verwirrt zwischen uns hin und her, woraufhin wir noch mehr lachen müssen.

»Ich sagte: ›Idioten sagen was‹, und du hast ›Was‹ gesagt. Du bist ein Idiot«, erkläre ich, immer noch kichernd. Harriet sieht verwirrt und sauer aus. Treffer versenkt.

»Sag bloß, das verstehst du nicht, Harriet?«, fragt Amelia. »Sollen wir es dir noch mal erklären?«

»Hey, Toons!«, ruft Tanya von einer Seite der Bühne. »Hey! Ich bin jetzt ein Star, klaro? Hol mir mal eine Tüte Chips, haha!«

»*Ha!*«, rufe ich zurück. Mal sehen, ob sie bei mir Glück hat. »Lass mich darüber nachdenken«, schreie ich sarkastisch. »Also – NEIN!«

»Haha!«, dröhnt Tanya, dann wendet sie sich an Harriet und Amelia. »Hey, Streber-Fratze! Lady Blabla! Besorgt mir Chips!«

»Tanya, mach sofort mit dem weiter, was ich dir aufgetragen habe«, ruft Mrs Cole.

»Das ist langweilig, ich hab noch nicht mal einen Satz in dem Dialog«, höre ich Tanya jetzt eine Idee leiser sagen. Mrs Coles Antwort bekomme ich nicht mit.

Es ist kurz still auf der Bühne, dann weist Mrs Cole die Tänzer an und wir drei machen uns wieder ans Malen. Amelia fragt mich vorsichtig: »Wieso schikaniert Tanya *dich* eigentlich nie?«

»Na, das ist doch ganz offensichtlich?«, antwortet Harriet an meiner Stelle. »Das liegt daran, dass Jessica für niemanden eine Bedrohung darstellt. Sie stylt sich wie eine liebenswerte Spinnerin. Wir beide hingegen sind wirklich schlau, darum sind solche Typen wie Tanya Harris neidisch auf uns. Aber Jessica kann nichts, auf das sie scharf wäre.«

Was? Augenblick mal. *Stylt* sich wie …? Ich *bin* eine liebenswerte Spinnerin. Also, zumindest bin ich liebenswert.

»Von wegen, du ahnungsloser Schwachkopf!«, keife ich sie an. »Es liegt daran, dass ihr beide so verdammt selbstgefällig und unhöflich seid und immer damit herumprotzt, für wie klug ihr euch haltet! Ihr bringt alle auf die Palme. *Ihr* seid diejenigen, die andere schikanieren, indem ihr dafür sorgt, dass sie sich mies fühlen. Und manche schlagen eben zurück. Nicht jeder kann gut in allem sein. Aber ihr könntet beide viel netter damit umgehen.«

Beide starren mich einen Moment lang schweigend an. Ich fühle mich, als würde ich um Luft ringen, obwohl ich ganz normal atme. Schließlich sagt Harriet: »Rede dir das ruhig weiter ein.« Aber Amelia sieht nachdenklich drein, so als hätte sie meine Rede ernst genommen.

»Dann rede du dir weiter ein, dass alle nur neidisch sind«, gebe ich zurück.

»Sieh der Wahrheit ins Auge«, sagt Harriet. »Du bist einfach nur total dumm, Jessica.«

»Nein, nein, nein! Noch mal von vorne!«, ruft Mrs Cole auf der Bühne. »Also, fünf, sechs, sieben, acht!« Die Musik setzt ein.

Arrggghhh. Ich mache mir nicht mal die Mühe, darauf zu antworten. Diese Probe ist in jeder Hinsicht das komplette Gegenteil vom letzten Mal, als wir zusammen mit Megan und Fatimah gemalt haben und Spaß hatten. Ich sehe mich nach meinen Freunden um. Sie und Emily lachen miteinander. Vielleicht spielen sie gerade *Entscheide dich!* und haben einen Mordsspaß. Die Glücklichen. Für Harriet ist Spaß ein Fremdwort.

»Na ihr«, sagt Mrs Cooper, als sie zu uns rüberkommt. »Das sieht gut aus. Sehr schön. Macht weiter so.«

»Mrs Cooper?«, fragt Amelia. »Ich hätte einen Vorschlag für das letzte Lied des Musicals.«

»Ach ja?« Mrs Cooper klingt interessiert.

»Es gibt einen Song von Megan Flyer, der heißt *Party Don't Stop*. Ich glaube, der würde sich in einem großen

Finale ideal machen. Außerdem haben Natalie Baker und ich schon einen halbfertigen Tanz dafür. Was meinen Sie?«

»Klingt gut. Ich werde ihn mir aber zuerst anhören müssen«, antwortet Mrs Cooper.

»Das ist eine grässliche Idee!«, mischt sich Harriet ein, die es einfach nicht lassen kann. »Mrs Cooper, der Songtext hat überhaupt nichts mit unserer Geschichte zu tun. Da geht es nur ums Tanzen und Partymachen, und zwar in Amerika. Aber das hier ist ein britisches Stück.«

»*Hallo?*«, sage ich. »Es spielt in *Kansas.* Und das liegt in *Amerika.* Wow, jetzt bin ich aber wahnsinnig neidisch auf deine Intelligenz, Harriet.«

»Ich habe es auf meinem iPod, falls Sie es sich anhören wollen?«, sagt Amelia zu Mrs Cooper.

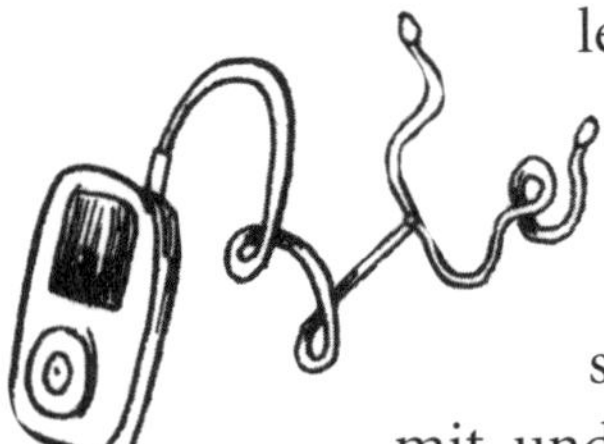

»Tja, dann okay. Lass hören.« Mrs Cooper hockt sich auf eine Tischkante und steckt einen von Amelias Ohrstöpseln ein. Sie nickt im Takt mit der Musik mit, und ich muss mich beherrschen, um nicht loszukichern. Ich schätze, eine Strickjacke tragende Lehrerin mittleren Alters ist nicht direkt Megan Flyers Zielpublikum.

»Nun, es ist wirklich eine eingängige Melodie«, sagt sie schließlich und reicht Amelia die Kopfhörer zurück. »Wie geht der Text weiter? Kommen Schimpfwörter drin vor?«

»Nein, keine Schimpfwörter«, antwortet Amelia.

»Es mögen keine Schimpfwörter vorkommen, aber der Text ist banaler Unsinn!«, beschwert sich Harriet.

»Ich finde, dass der Text durchaus passt«, argumentiert Amelia höflich. »Er handelt von jemandem, der an einen Ort zieht, wo er niemanden kennt. Er hat Angst, aber dann geht er auf eine lustige Party, entspannt sich, amüsiert sich, und plötzlich braucht er keine so große Angst mehr zu haben.«

»Ja, das spiegelt ein bisschen das Thema von *Der Zauberer von Oz* wider«, überlegt Mrs Cooper. »Und du sagst, es sei ein beliebter Song? Mögen ihn viele von euch?«

»Ja«, sagt Amelia.

»*Nein*«, widerspricht Harriet. »Mrs Cooper, das können Sie nicht zulassen. Unsere Schule wird der Lächerlichkeit preisgegeben. Das ist wirklich ein schrecklicher, nichtssagender Popsong. Er hat nichts mit dem *Zauberer von Oz* zu tun und ist künstlerisch wertlos.«

»Was meinst du, Jessica?«, wendet sich Mrs Cooper an mich. »Ist er bei den anderen Schülern beliebt?«

Hmmm. Sieht so aus, als sollte ich das Zünglein an der Waage sein. Das ist eine interessante Wendung. Ich meine, ich muss den Song jetzt nicht unbedingt im Musical haben. Aber wenn ich Harriet damit ärgern könnte, würde ich sogar *Ein Loch ist im Eimer* als Schlusslied akzeptieren.

Ha! Das ist dein Untergang, Harriet.

»Oh ja. Er ist sehr beliebt«, antworte ich. »Alle in meinem Alter stehen drauf. Jedenfalls die mit einem guten Musikgeschmack. Ich finde, besser könnte man das Musical nicht beenden.«

Amelia strahlt mich regelrecht an.

»Also gut, dann ist es damit entschieden«, sagt Mrs Cooper. »Ich werde mit Mrs Cole noch darüber sprechen, aber ich finde, das wird ein tolles Ende für die Aufführung. Gut gemacht, Amelia.« Sie ist weg, bevor Harriet noch weiter protestieren kann.

10. kapitel

Den Rest der Probe hindurch schmollt Harriet und spricht nicht mehr mit uns. (Eine unerwartete Dreingabe und somit eine echte Win-win-Situation.)

»He«, sagt Amelia, als Harriet fort ist. »Vielen Dank, dass du das gemacht hast. Ich wollte nichts sagen, solange *Ihre Hoheit* mithört.«

»Oh, gern geschehen«, sage ich.

»Nein, wirklich, ich weiß das sehr zu schätzen«, sagt Amelia ernst. So ernst habe ich sie überhaupt noch nie erlebt. »Und um das mal klarzustellen, du bist *nicht* dumm.«

»Ähm, ja, das weiß ich«, sage ich peinlich berührt.

Ich meine, ich weiß, dass ich nicht dumm bin. Ist doch klar. Aber manchmal bin ich faul und lasse mich leicht ablenken. Und so bekomme ich Noten, die mich dumm erscheinen lassen. Aber Tante Joan sagt, dass ich wissbegierig bin, was ein Zeichen für Intelligenz ist. Außerdem kenne ich Wörter wie *unveräußerlich.* Darum stören mich die schlechten Noten nicht.

»Und es tut mir leid, dass ich dich früher als dumm bezeichnet habe«, fährt Amelia fort. Augenblick. Noch mal zum Mitschreiben. Amelia entschuldigt sich sonst nie. (Außer wenn Natalie sie dazu zwingt.) Was ist hier los?

»Echt?« Ich kann meine Überraschung nicht verbergen.

»Ich bin von deiner Professionalität tatsächlich ziemlich beeindruckt«, sagt Amelia in ihrer typisch blasierten Art. »Ich habe dich für eine Faulenzerin gehalten, die immer nur Witze reißt und Unsinn im Kopf hat. Aber in Kunst arbeitest du wirklich hart und bist sogar sehr kompetent. Ich habe noch nie zuvor erlebt, dass du eine Aufgabe so ernst nimmst.«

»Äh … danke?«, bringe ich verwirrt hervor.

»Es ist wirklich ein Jammer, dass Kunst kein *richtiges* Fach ist«, fügt Amelia hinzu, als würde es ihr für mich leidtun. Na also, da haben wir es. Ich wusste, sie würde ihre Freundlichkeit irgendwie untergraben müssen. »Sonst hättest du eine glorreiche Zukunft.« Okay, genug untergraben, denke ich. Das reicht.

Ich kann nicht behaupten, dass ich Amelia gerne mag. Aber ich hasse Harriet auf jeden Fall mehr. Amelia und ich haben ein Abkommen: Sie hackt nur auf mir herum, wenn ihr total langweilig ist oder wenn ihre coolen Freundinnen in der Nähe sind. Aber da wir verschiedene Ansichten darüber haben, was cool ist, kümmert mich das nicht.

Auf jeden Fall ist es schön, Harriet VanDerk eins ausgewischt zu haben. Besonders nach ihrem herrischen Getue, dem Farbfiasko und ihrer Dreistigkeit, mich dumm zu nennen.

Endlich kommen Natalie und ich dazu, gemeinsam abzuhängen. Nach der Probe gehe ich mit ihr nach Hause. Im Bus erzählt Amelia Nat die Wahnsinnsneuigkeit, dass das von ihr vorgeschlagene Lied und ihr Tanz für das Musical genommen werden.

»Wir sollten also unbedingt üben«, sagt Amelia, als sie an ihrer Haltestelle aufsteht.

»Ja, das sollten wir, aber ich bin gerade wahnsinnig beschäftigt«, sagt Nat. »Es wird schwer sein, dafür Zeit zu finden, aber das schaffen wir schon.«

»O-kay«, sagt Amelia gedehnt und etwas verstimmt.

Wir sagen Tschüs.

»Ich dachte, du würdest dich mehr darüber freuen«, sage ich. »Du liebst dieses Lied. Du und Amelia, ihr habt Ewigkeiten damit zugebracht, den Tanz auszuarbeiten.«

Ich erinnere mich daran, denn ich war dabei und habe die Play-Taste am iPod-Dock gedrückt.

Eine sehr bedeutende Aufgabe.

»Oh, ich *weiß*«, schwärmt Natalie. »Und ich freue mich wirklich.«

»Jetzt kannst du den Tanz vor einem richtigen Publikum aufführen!«, sage ich.

»Ja, das macht mich glücklich. Klinge ich glücklich? Ich bin es. Echt. Falls ich mich nicht allzu begeistert anhöre, zeigt das nur, wie erschöpft ich bin.«

»Warum bist du denn so erschöpft?«, frage ich.

»Oh Jess, ich bin komplett ausgelaugt. Dieses Musical bringt mich echt an meine Grenzen.« Sie stöhnt theatralisch. Toll, geht *das* wieder los.

»Aber es macht doch auch Spaß, nicht wahr?«, frage ich. »Ich meine, du genießt es doch immer noch und so?«

»Oh Gott, ja!«, ruft Natalie aus. »Ich hatte noch nie so viel Spaß an etwas!« Okay, jetzt übertreibt sie aber.

»Wie reizend!« Ich verschränke die Arme und spiele die Beleidigte.

»Außer natürlich, wenn wir etwas zusammen unternommen haben«, fügt sie grinsend hinzu.

»Das will ich doch hoffen, junge Dame.« Ich tue so, als würde ich sie tadeln. Sie schubst mich freundschaftlich, und dann stehen wir auf, um auszusteigen.

Später liegen wir auf ihrem Bett und machen Hausaufgaben, während wir nebenher quatschen. Das Abendessen war sehr lecker. Nats Mum hat köstlichen Hühncheneintopf gekocht, dazu gab es Baguette und Butter, als Nachspeise Trifle (von solchen Köstlichkeiten ist meine Familie noch weit entfernt).

Ein Teil unserer Unterhaltung besteht darin, dass ich Fragen stelle wie: »Was hast du bei Aufgabe sechs rausbekommen?« Aber Nat hat kein Problem damit, mir ihre Lösungen zu sagen, und manchmal weiß ich etwas, das sie nicht herausbekommen hat, also ist das völlig fair.

»Hey, Jess?«, sagt Natalie plötzlich.

»Ja?«

»Was denkst du? Könnte es sein, dass im Publikum, äh, Talentsucher sitzen?«

»Bei unserem *Schulmusical*?«, frage ich.

»Ja.«

»Hm, ich würde es nicht gänzlich ausschließen«, erwidere ich zweifelnd, »aber ich denke eher nicht, dass –«

»Das wäre *so cool*, nicht wahr?«, unterbricht sie mich aufgeregt.

»Nun, schon, aber –«

»Stell dir vor, es wären Talentsucher aus *Hollywood* im Pub-

likum!«, unterbricht Nat mich schon wieder. »Wäre das nicht unglaublich?«

»Oh ja, allerdings«, erwidere ich trocken. »Sogar absolut unglaublich.«

Oje, arme Nat. Sie steigert sich ja total in diese Musicalsache rein. Ich meine, als ich geplant habe, mit unserem Comic die Welt zu erobern, da habe ich es (a) mehr im Scherz gemeint und (b) damit gerechnet, dass es zumindest ein Weilchen dauern würde.

Natalie macht sich selbst etwas vor, wenn sie ernsthaft glaubt, dass sich Talentsucher unter ein Publikum mischen, das überwiegend aus gelangweilten Eltern besteht. Ich bin sicher, dass keiner an unserer Schule Eltern hat, die in Hollywood arbeiten.

Und gesetzt den Fall, dass wirklich jemand aus Hollywood dabei wäre, der nach Talenten Ausschau hält, dann wäre es viel wahrscheinlicher, dass er vom Bühnenbild begeistert sein würde und MIR einen Job in Hollywood anbietet. Haha. Dann wäre ich dick im Geschäft.

11. kapitel

»Seid ihr bereit?«, fragt Dad am Sonntagmittag. Er hält einen Topf hoch.

»*Si, si!*«, antwortet Ryan, der in einem Zeichentrickfilm ein bisschen Spanisch aufgeschnappt hat.

Dad hat sich Mums Vortrag zu Herzen genommen (den, in dem sie ganz zutreffend klargemacht hat, dass der größte Teil der Hausarbeit an ihr hängen bleibt) und versucht, sich etwas mehr einzubringen.

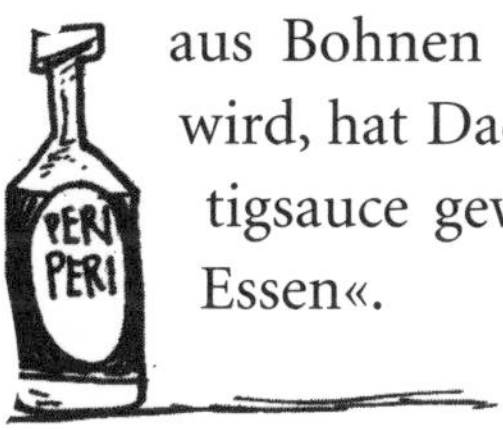

Leider besteht sein Repertoire an Gerichten überwiegend aus Bohnen auf Toast. Damit es nicht bald zu eintönig wird, hat Dad schlauerweise die Bohnen mit scharfer Fertigsauce gewürzt und nennt es nun ein »mexikanisches Essen«.

Ryan nimmt ihm das ab, und das ist die Hauptsache. »Heute Abend sind wir in Mexiko«, sagt er zu Lady, die treu zu seinen Füßen liegt.

Ich wette, Dad wünscht sich, er hätte daran gedacht, als wir den Gürtel noch sehr viel enger schnallen mussten. Ein paar Gewürze zu unseren liebsten Billigessen dazu – und schon ist jeder Abend ein internationaler Themenabend.

Nachdem Dad alles aufgetragen hat, setzt er sich. Wir langen zu. Zugegeben, es schmeckt ein bisschen ungewohnt, aber gar nicht mal übel.

»Danke, ich weiß es sehr zu schätzen, dass du dir Mühe gibst«, sagt Mum zu ihm. Zwischen den Zeilen meine ich zu lesen, dass sie nicht gerade begeistert ist.

»*Si, si*«, sagt Dad zufrieden. Er scheint sein Spanisch aus dem gleichen Zeichentrickfilm zu haben wie Ryan. »*Andale, arriba.*« (Dachte ich es mir doch!)

»Hallo, Familie!« Tammy, die unvermittelt in der Hintertür steht, hat ihren Rucksack dabei.

»Tammy, wir sind mitten beim Abendessen«, sagt Mum und klingt verärgert.

»Riecht ja seltsam. Was ist denn das?«, fragt Tammy.

»Wir essen mexikanische Bohnen auf Toast«, erklärt Ryan.

»Aha«, sagt Tammy. »Egal, ich wollte euch eigentlich erzählen–«

»Kann das nicht warten?«, unterbricht Mum. »Wir essen gerade. Komm in zwanzig Minuten wieder.«

»Ich kann in zwanzig Minuten nicht wiederkommen«, erwidert Tammy. »Weil ich dann fort sein werde.«

»Und wo?«, frage ich misstrauisch.

»Das wollte ich euch ja gerade erzählen. Ich bin hier, um mich zu verabschieden.«

»Wo gehst du hin?«, fragt Mum.

»Ich gehe …« Tammy macht eine dramatische Pause.

»Spuck's schon aus!« Mum scheint die Geduld zu verlieren.

»Oh, Verzeihung«, entgegnet Tammy mit sarkastischem Unterton. »Es ist nicht der Rede wert. Keine große Sache. Ich rette nur den Planeten.«

Tammy erzählt ständig, dass sie den Planeten rettet. Hey, bei der Gelegenheit könnte ich ein bisschen mit meiner selbst kreierten Redewendung angeben.

»Weißt du was, Tammy? Du klingst wie ein iPod im Suchlauf«, sage ich. Keiner reagiert darauf. Meine Bemerkung verhallt ungehört.

»Und wie rettest du ihn *diesmal*?«, fragt Mum Tammy.

»Die Bäume«, antwortet Tammy ausweichend.

»Die hast du doch schon mal versucht zu retten «, sagt Mum. »Wenn ich mich recht entsinne, hast du dich an einem festgekettet und bist damit sogar in die Zeitung gekommen.«

»Ach, das ist etwas völlig anderes«, sagt Tammy wegwerfend. »Diesmal ist alles viel besser organisiert. Es handelt sich um eine richtige Sitzblockade. Baumhäuser wurden errichtet und alles. Da steckt nämlich ein großes Team dahinter.«

»Rettest du den Wald vor der Umgehungsstraße?«, fragt Dad ehrfürchtig.

»Ja, genau«, bestätigt Tammy stolz. »Ich bin nur hier, um ein paar Sachen mitzunehmen.« Sie deutet auf den Rucksack. »Wisst ihr noch, als ich gesagt habe, dass ihr Proviant für die Demonstranten besorgen könntet?«

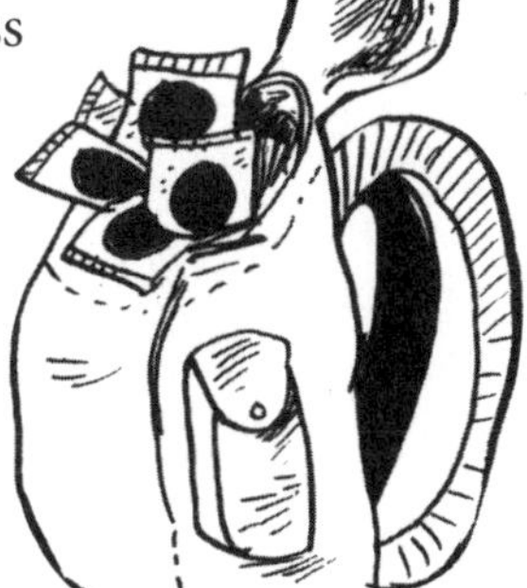

Sie dreht sich um und fängt an, Chips aus dem Küchenschrank zu holen und in den Rucksack zu stopfen.

»Hey, Tammy, das sind doch unsere Marken-Chips!«, protestiere ich. Nicht der gewöhnliche Kram. »Warum nimmst du nicht die Müsliriegel ganz hinten im Schrank, die sowieso keiner isst?«

»In Ordnung«, sagt Tammy. Ich bin mir aber nicht sicher, ob

sie mir zugehört hat, denn ich sehe, dass sie auch Schokoriegel einpackt.

»Das reicht«, sagt Mum.

»Ich bin jetzt eine Weile fort«, sagt Tammy, zieht den Rucksack zu und hängt ihn sich über die Schulter. »Ich weiß nicht, wie lange ich unter freiem Himmel leben werde. Vielleicht zwei Nächte, vielleicht zwei Monate. Nur ich, meine Freunde und die Gerechtigkeit auf unserer Seite.«

»Erstaunlich«, murmelt Dad verzückt lächelnd.

»Ich finde, dass du das ein bisschen überromantisierst!«, spottet Mum.

»Tue ich das? Oder werde ich eine Heldin sein, wenn wir uns das nächste Mal sehen?«, entgegnet Tammy.

»Ich komme mit!«, sprudelt Dad heraus und springt auf die Beine.

»*Was?*«, meint Mum lachend.

»Ich will auch unter freiem Himmel leben und die Vögel retten … Bäume!«, stammelt Dad aufgeregt.

»Sehr witzig, Bert. Na klar, du wirst auf einem Baum leben.« Mum kichert. »Jetzt setz dich und iss deine mexikanischen Bohnen auf Toast fertig.«

»Nein, ich mache es«, sagt Dad gleichzeitig begeistert und entschuldigend. »Ich liebe euch, Kinder. Ich liebe dich, Janet. Aber das muss ich jetzt tun.« Er schiebt den Stuhl zurück und macht einen Schritt auf Tammy zu.

»Äh, Mum. Solltest du ihn nicht aufhalten?«, frage ich leise und fange an, mir etwas Sorgen zu machen.

»Ha! *Ihn aufhalten*«, spottet Mum. »Mach schon, Bert, geh

du nur! Du wirst es keine einzige Nacht in freier Wildbahn aushalten!«

Neiiiiiin! Mum hat Dad gerade auf klassische Sitcom-Art angestachelt. Szenenwechsel, Jahre später: Dad sitzt auf einem Baum. Oh nein, das gefällt mir gar nicht.

»Danke!«, sagt Dad aufrichtig. Er bückt sich und küsst Mum auf die Wange. »Du bist eine sehr verständnisvolle Frau. Ich packe nur ein paar Sachen zusammen«, wendet er sich an Tammy. »Ich brauche vermutlich eine Jacke. Warte kurz.«

Tammy sieht so erschrocken aus wie ich. Ich sehe ihr an, wie sie überlegt, was sie davon halten soll. Ihr Ding ist es nämlich, gegen Widerstände anzukämpfen. Und wenn jemand sie unterstützt, gibt es nichts zu bekämpfen. Wenn Dad mitgeht, um den Wald zu retten, dann ist ihre Tat nicht mehr so außergewöhnlich. Er stiehlt ihr total die Show.

Aber sie muss so tun, als wäre sie begeistert, obwohl sie rund um die Uhr mit ihrem sonst so prüden Dad und ihren alternativen Hippie-Freunden zusammenleben wird. Augenblick mal – *das* ist jetzt wirklich die reinste Sitcom!

»Okay!« Dad kommt zurück. Er trägt seine wärmste Jacke und hat eine kleine Reisetasche dabei, in der vermutlich seine Zahnbürste und so was drin sind.

»Ich finde es durchaus löblich, dass du Stellung beziehst, Dad, aber das ist deine letzte Chance, deine Meinung zu ändern«, sagt Tammy vorsichtig.

»Ja, Bert, deine letzte Chance!«, gluckst

Mum. Warum bringt sie ihn nicht zur Vernunft? »Ich liebe euch alle«, sagt Dad. »Passt gut aufeinander auf, während ich fort bin.«

»Jaja, bis morgen!« Mum winkt vergnügt.

»Auf Wiedersehen!«, ruft Dad über die Schulter, als er und Tammy durch die Hintertür treten.

»Viel Spaß dabei, in einen Eimer zu pinkeln!«, ruft Mum zurück.

Als die Tür ins Schloss fällt, finde ich meine Sprache wieder. »Mum! Ich kann nicht glauben, dass du das zulässt.« Ryan starrt mit offenem Mund auf die Stelle, wo gerade noch sein Vater stand. Ein paar mexikanische Bohnen fallen ihm langsam von der Gabel.

»Ich bitte dich.« Mum winkt ab. »Du kennst doch deinen Vater. Er wird keine Nacht durchhalten. Morgen zum Frühstück ist er wieder da, darauf gehe ich jede Wette ein.«

12. kapitel

Szenenwechsel: Nur ein Elternteil sitzt am Frühstückstisch. *Vielen Dank*, Mum. Du hast wirklich keine Ahnung, wie Sitcoms funktionieren.

Eine Sekunde lang meinte ich zu hören, wie Dad den Gartenweg entlangkam, aber dann stellte sich heraus, dass es der Briefträger war. (Ich musste schnell die Briefe holen, bevor Lady sie erwischen konnte.)

Es war kein Traum. Dad wohnt jetzt auf einem Baum. Wer macht denn so was? Was stimmt nicht mit ihm? Wenn ich es genau bedenke, hat er sich in letzter Zeit schon ein bisschen merkwürdig benommen. Fast so, als hätte er eine Midlife-Crisis oder etwas in der Art.

Aber jetzt mal im Ernst: *Bert Morris* auf einem Baum?

Erstens mal liebt er Regeln und Gesetze und so was. Er denkt, die Welt würde untergehen, wenn wir nur die Regeln befolgen würden, die uns in den Kram passen.

Und zweitens ist es ihm wichtig, was die Nachbarn (besonders die VanDerks) von uns denken. Wenn ihn sonst schon nichts abschreckt, dann wenigstens die peinliche Vorstellung, was unsere Nachbarn dazu sagen würden.

Andererseits liegen ihm die Vögel wirklich am Herzen und er möchte etwas bewirken und sie retten. Und ich schätze, dass er in den letzten zwanzig Jahren ständig in einem Büro gehockt ist.

Es heißt, dass Veränderung so erholsam ist wie Urlaub. Und auf einem Baum zu wohnen, ist auf jeden Fall eine Veränderung gegenüber dem Leben in einer Vorstadt. Vielleicht wird es ihm sogar guttun und ihn glücklicher machen.

Ich meine, irgendwann muss er auf jeden Fall wieder heimkommen, nicht wahr?

Ich mache mir *wirklich* keine Sorgen. Ich bin mir zu fünfundneunzig Prozent sicher, dass Dad bald heimkommen wird. Die Chancen stehen also gut.

»Das ist nicht dein Ernst, oder?« Ich versuche, leise zu reden, sonst könnte es passieren, dass ich Joshua und Tanya anschreie. Ich bin mit ihnen bis jetzt wirklich geduldig gewesen, aber das schlägt endgültig dem Keks die Krümel aus. Und wer mag schon Leute, die Kekse zertrümmern? (Außer vielleicht jemand mit Weizenunverträglichkeit.) Während der großen Pause am Montag sagen sie mir, dass sie in der Mittagspause nicht zum Comic-Meeting kommen können! Das ist eine bodenlose Frechheit – egal, ob man nun Text einstudieren muss oder nicht.

»Da ist nichts zu machen, Toons«, sagt Tanya ernst. Ich verdrehe die Augen. Ich denke, dass da sehr wohl etwas zu machen ist.

»Schau, es tut uns echt leid.« Joshua klingt, als würde er es so meinen, das muss ich zugeben. »Das ist das letzte Mal, Ehrenwort.«

»Das sagst du jedes Mal«, entgegne ich.

»Jetzt sei doch nicht so, Toons«, beschwichtigt Tanya. »Wir sind schließlich Freunde. Wir müssen uns gegenseitig unterstützen. Beim Musical werde ich zum ersten Mal ernst genommen, darum will ich alles richtig machen und so.«

Ich werde weich, obwohl man ehrlich sagen muss, dass Tanya bei *unserem Comic* zum ersten Mal richtig ernst genommen wurde. Sie sollte ihn nicht einfach fallen lassen, weil etwas Besseres daherkommt, wo sie sich ernst genommen fühlt. Sonst nutzt sie damit alle nur aus. Echt jetzt.

»Hör mal«, wende ich mich an beide. »Ihr habt darauf bestanden, dass wir gemeinsam am Elternhandbuch arbeiten, also habe ich gewartet, bis ihr Zeit dafür findet. Ich hätte längst damit anfangen können, darum ist es nicht fair von euch, dass ihr mir nicht erlaubt habt, alleine daran zu arbeiten. Ich hätte schon eine Menge machen können. Ja, es könnte längst druckfertig sein.«

»Ich weiß«, sagt Joshua schuldbewusst.

»Es ist nicht fair. Im umgekehrten Fall würde es dir doch auch nicht passen. Nur weil ihr zu zweit seid, wird es davon nicht richtig.«

»Ich weiß«, sagt Joshua erneut. »Es ist nur …« Er hält inne. »Wenn ich diesen Teil gelernt habe, kann ich mich endlich entspannen und anfangen, das Musical ein bisschen mehr zu genießen.«

Ja, ist schon klar, dass ich nicht möchte, dass er unter dem Musical zu leiden hat. Sicher.

»Ja, Toons«, stimmt Tanya zu und klingt dabei ungewohnt kleinlaut.

»Und ich möchte wirklich immer noch am Elternhandbuch mitarbeiten«, sagt Joshua. »Bitte fang nicht ohne mich an.«

Ohhh. »Na gut«, sage ich matt. »Aber das kann so nicht weitergehen. Wenn du nicht willst, dass die nächste Ausgabe sehr *Star Wars*-lastig wird, dann solltest du mich nicht mit Lewis allein daran arbeiten lassen.«

Joshua gestattet sich ein leises Kichern. »Ich weiß. Das ist das letzte Mal, Ehrenwort.«

In der Mittagspause werde ich von Amelia überrascht.

»Hey, äh, Jessica? Ich wollte dich fragen, ob du vielleicht morgen oder am Donnerstag nach der Schule zu mir kommen möchtest. Wir könnten den Tanz durchgehen, um sicher zu sein, dass er uns gefällt, bevor wir ihn den anderen beibringen.«

»Oh, äh, echt jetzt?«, wundere ich mich. (Wie gesagt, ich war überrascht. Das habt ihr ja schon mitbekommen.)

»Ja, du weißt schon, für das Musical«, sagt sie. »Alles soll perfekt sein, damit Harriet nichts daran aussetzen kann.«

Damit hat sie bei mir voll ins Schwarze getroffen. »Ja, unbedingt, sehr gerne«, höre ich mich sagen. Wenn es darum geht, Harriet zu ärgern, ist mir jedes Mittel recht.

Ich meine, in Wirklichkeit möchte ich nicht *sehr gerne* zu Amelia. Die Vorstellung, sie ohne Natalie als Puffer in ihrem piekfeinen Haus zu besuchen, behagt mir nicht. Aber es ist für einen guten Zweck.

Am Montag bleiben Joshua, Tanya, Natalie und einige andere noch etwas länger, um nach der Schule zu proben, auch wenn offiziell keine Probe stattfindet. Da Mrs Cooper nicht dabei sein wird, können wir sowieso nicht am Bühnenbild weiterarbeiten.

Amelia probt diesmal ihre Rolle als gute Hexe, darum fahre ich allein mit dem Bus nach Hause.

»Tschüs zusammen. Tschüs, Nat!«, rufe ich und winke zur Bühne. »Viel Spaß!«

»Was? Oh, wir sind gerade mitten in einer Szene, Baby. Ich melde mich später!«, ruft Nat mir in abweisendem Tonfall nach.

»So habe ich es auch gemeint!«, rufe ich zurück. »Ich wollte mich nur verabschieden und euch viel Glück wünschen!« Es fällt mir schwer, von ihrer Reaktion nicht gekränkt zu sein.

»Du unterbrichst uns«, pampt sie mich an. »Bis später!«

Diesmal mache ich mir keine Mühe zu antworten. *Von mir aus, Natalie*, denke ich sarkastisch, als ich in den Bus steige, *wenn du dich so aufführen willst.*

Später ruft Joshua an und schlägt vor, dass wir in den nächsten Tagen nach der Schule ein Comic-Meeting in der Slushie-Bar abhalten könnten, oder wenn das nicht klappt, am Samstag. Es scheint, als würde es ihm aufrichtig leidtun, dass er etwas verpasst.

»Wir sprechen uns dann ab, wenn es so weit ist. Aber vermutlich wird es der Samstag«, sagt er.

»Samstag«, bestätige ich.

»Ja. Ich meine, ich muss das erst mit Tanya klären und so,

aber es sollte klappen. Wenn du also nichts mehr von mir hörst, dann ist es abgemacht. Wir treffen uns am Samstag.« Er sagt es sehr entschieden.

»Toll«, antworte ich.

Jetzt mal ehrlich, in der Zeit, die wir damit verbringen, Meetings zu planen, hätten wir längst schon eines abhalten können. Aber da er sich solche Mühe gibt, weise ich ihn nicht darauf hin.

Dad ist noch nicht heimgekommen. Aber Mum gibt sich immer noch sehr gleichgültig deswegen, und deshalb rechne ich zu neunzig Prozent damit, dass er bald zurückkommt.

13. kapitel

Okay. Wann kommt der Zeitpunkt, an dem ich Mums Haltung nicht mehr als *gleichgültig* bezeichnen kann, weil sie ganz offensichtlich die Augen vor der Wahrheit verschließt?

Ich glaube nicht, dass ich die Lage damit überdramatisiere, denn es ist schon Freitag. Dad ist seit *vier* Tagen weg.

Mum meint immer noch, sein Verhalten sei zum Totlachen, aber ich finde das alles nicht mehr komisch. Dad zwingt sie allmählich, die Dinge beim Namen zu nennen.

Andererseits kennt sie ihn schon länger, als ich ihn kenne, also könnte sie recht haben, oder? So oder so bin ich mir zu fünfundachtzig Prozent sicher, dass er vermutlich bald heimkommen wird.

Und ich habe einen Plan, mit dem ich dafür sorge, dass es auch passiert. Der Plan besteht darin, dass Ryan und ich Dad am Wochenende besuchen werden und ihm sagen, dass er nach Hause kommen soll. Ich weiß, das ist nicht besonders originell.

Und falls das nicht funktioniert, werde ich Tante Joan anrufen und sie fragen, ob sie eine Idee hat. (Tammy kann ich natürlich nicht anrufen, denn sie hat das alles erst ins Rollen gebracht.)

Am Dienstag habe ich Nat darauf hingewiesen, dass sie mir gegenüber neulich ziemlich abweisend war, und sie hat sich entschuldigt. Aber dann fing sie fast augenblicklich wieder damit an, sich irgendwie seltsam zu benehmen. Sie war einfach ein bisschen unfreundlich und schnippisch zu mir. So als ob sie eine wichtige Person wäre und ich nun mal *nicht*.

Ich versuche nach wie vor, Verständnis für sie zu haben, da sie so unter Druck steht, und meist gelingt es mir. Außerdem scheinen meine Witze sie immer noch aufzuheitern. Aber ich hatte erwartet, dass sie wieder normal wird, wenn sie erst mal ihren Text besser kann, doch das war nicht der Fall. Im Gegenteil, es wird immer schlimmer mit ihr.

Am Freitag findet nach dem Unterricht eine Probe statt, an der Amelia wieder nicht teilnimmt. Das ist der Tag, an dem wir uns verabredet haben, um den Tanz einzustudieren.

Amelia und ich schauen kurz in die Aula rein, um uns von allen zu verabschieden. (Auch wenn es wieder heißt, ich würde stören, bin ich wenigstens höflich.) »Hals- und Beinbruch!«, rufe ich Joshua und Tanya zu. »Bis morgen!«

»Was?«, fragt Joshua und kommt zu mir rüber.

»Bis morgen«, wiederhole ich. »An der Slushie-Bar. Du weißt schon, das Comic-Meeting.«

»Aber das ist doch nicht morgen«, behauptet Joshua.

»Worum geht's?« Tanya gesellt sich zu uns. Amelia fühlt sich in Tanyas Nähe sichtlich unwohl, aber sie sagt nichts.

»Du hast mich doch am Montag angerufen, weißt du noch?«, helfe ich seinem Gedächtnis ein bisschen auf die Sprünge, aber Joshua scheint es immer noch nicht zu raffen. »Du hast gesagt, dass wir uns am Samstag an der Slushie-Bar treffen«, erinnere ich ihn.

»Ach ja, stimmt, aber wollten wir es nicht diese Woche fest abmachen?«, fragt er.

»Äh, tja …« Ich versuche, mich an unsere Unterhaltung zu erinnern.

»Und keiner von uns hat zugesagt«, meint Joshua.

»Genau«, sagt Tanya.

»Nein, nein, warte mal, jetzt erinnere ich mich«, erwidere ich. »Du hast gesagt, du müsstest erst klären, ob es passt, aber dass es klappen sollte. Und falls ich nichts mehr von dir höre, sollte ich davon ausgehen, dass es abgemacht ist.« Das ist nahezu wörtlich, was er gesagt hat. Da kann er sich jetzt nicht mehr rausreden.

»Hör mal, es tut mir total leid, aber das ist mir irgendwie entfallen«, sagt Joshua.

»Du machst wohl Witze!«, fahre ich ihn an. »Also wirklich, Joshua.«

»Er hat nicht *fest* zugesagt, Toons«, sagt Tanya entschuldigend.

»Ja, aber er hat auch nicht *abgesagt*«, entgegne ich. »Er selbst hat es so vorgeschlagen. Wir hatten einen Termin, und wenn er dann nicht kann, hätte er es sagen sollen. Außerdem wollt ihr doch nicht ernsthaft *schon wieder* ein Meeting absagen. Ihr hattet es mir versprochen.«

»Wir sagen es ja nicht ab«, sagt Joshua.

»Dann kommt ihr also?«, hake ich nach.

»Nein, wir können nicht«, sagt Joshua. »Aber es war keine Absage, nur ein Missverständnis.«

»Ein reines Versehen, Toons«, fügt Tanya hinzu.

»Du meine Güte«, platze ich heraus. »Jetzt halten wir uns mal nicht bei den Einzelheiten auf. Warum kommt ihr nicht zu dem Meeting?«

»Das haben wir dir doch erklärt«, sagt Joshua.

»Ihr seid *unmöglich*!«, schnauze ich sie an. Dann sage ich: »Komm, Amelia.« Als wir uns zum Gehen wenden wollen, füge ich noch hinzu: »Viel Spaß bei eurer heiß geliebten Schauspielerei, die ja anscheinend das Wichtigste auf der Welt ist.«

»Hey, ihr!«, ruft Natalie uns plötzlich nach, sodass wir mitten in unserem rauschenden Abgang nach wenigen Schritten stehen bleiben müssen. »Wo wollt ihr zwei denn hin?«

»Wir gehen zu mir und studieren den Tanz ein«, sagt Amelia.

»Oh.« Natalie muss das erst mal sacken lassen. »Wieso hast du mich nicht eingeladen?« Sie klingt leicht schockiert.

»Das habe ich doch gemacht«, sagt Amelia geladen. »Ich habe dich die ganze Woche immer wieder eingeladen, und jedes Mal hast du gesagt, du wärst zu beschäftigt.«

»Das meine ich nicht.« Nat wirkt verunsichert.

»Ach nein?«, frage ich. Meine Geduld wurde heute schon überstrapaziert. »Du probst doch gerade und hättest gar nicht kommen *können*, oder sehe ich das falsch?«

»Trotzdem hättest du … ich meine, wenn ich gewusst hätte, dass du es so oder so machst, hätte ich versucht zu kommen«, behauptet Nat.

»Möchtest du vielleicht nach der Probe vorbeikommen?«, fragt Amelia geduldig.

»Aber klar, darüber würdet ihr euch bestimmt freuen, oder?«, sagt Nat zu unserer Verwunderung.

»Ganz bestimmt«, gebe ich zu. Ich habe in dem ganzen Wirrwarr nämlich vergessen, wie sehr mich der Gedanke einschüchtert, Amelia allein zu besuchen.

»Ich finde es total fies von euch, dass ihr versucht, mich auszuschließen«, sagt Natalie.

Also, das schlägt dem Keks wirklich sämtliche Krümel aus. Ich fange an rotzusehen. Es ist ja wohl die Höhe, dass ausgerechnet Natalie so etwas sagt. Ich meine, BITTE – möchte sie wirklich mit mir darüber reden, wie es sich anfühlt, ausgeschlossen zu werden? Nach allem, was sie und Amelia sich geleistet haben?

»Zumal ich so schrecklich unter Druck stehe«, ergänzt Natalie.

Jetzt reicht es mir endgültig. »*Niemand* schließt dich aus«, sage ich patzig. »Falls du dich erinnerst, *ich* bin Expertin auf diesem Gebiet und weiß, wie es sich anfühlt, und ich kann dir versichern, dass wir keine *geheime Bande* gründen oder etwas in der Art, also brauchst du dir nun wirklich keine Sorgen zu machen.«

»Wieso fängst du jetzt wieder mit diesen uralten Geschichten an?«, beklagt sich Nat.

Ich möchte mich entschuldigen und ihr sagen, dass es mir leidtut, aber dann höre ich mich sagen: »Ich wollte dir nur klarmachen, dass sich nicht ständig alles um dich dreht, Nat.«

»Oh!« Dann scheint Natalie eine großartige Erkenntnis zu haben. »Ich *wusste* es. Ihr seid beide neidisch, weil ich die

Hauptrolle bekommen habe, und darum bestraft ihr mich. Ihr versucht, mich eifersüchtig zu machen, stimmt's?«

»Pah, das stimmt überhaupt nicht«, sagt Amelia.

»Ich habe ja noch nicht mal *vorgesprochen*«, stelle ich klar.

Nat sieht uns kopfschüttelnd an, als könne sie einfach nicht begreifen, was hier gerade passiert.

»Hört mal, das ist doch *total* bescheuert«, sagt Amelia, die zur Abwechslung die Stimme der Vernunft darstellt. »Ihr zwei seid die allerbesten Freundinnen. Ich glaube, die Anspannung liegt nur an dem Musical und allem. Ihr solltet euch die Hände reichen und euch vertragen und morgen sieht alles wieder ganz anders aus.«

Nat und ich sind verblüfft und reichen uns widerwillig die Hände. Amelia und ich gehen. Es gab mal eine Zeit, als Amelia versucht hat, einen Keil zwischen Nat und mich zu schieben. Damals hätte sie den Streit genossen und reichlich Öl ins Feuer gekippt, damit die Flammen noch höher schlagen.

Aber jetzt hat sie uns davor bewahrt, noch grässlichere Sachen zueinander zu sagen. Habe ich Amelia die ganze Zeit völlig falsch eingeschätzt?

Es macht viel mehr Spaß, bei Amelia zu Besuch zu sein, als ich gedacht hätte.

»Na komm schon, Jessica. Du musst es auch lernen.« Amelia versucht, mich von meiner gewohnten Rolle als iPod-DJane loszureißen.

»Ich bin wirklich nicht die geborene Tänzerin«, erkläre ich.

Ich bin schon ein paar Mal mit Nat zusammen bei Amelia

gewesen. Doch selbst bei ihrer beruhigenden Anwesenheit war ich starr vor Angst, ich könnte Saft auf einen der dicken champagnerfarbenen Teppiche verschütten.

Aber dieses Mal fühle ich mich seltsamerweise etwas entspannter. Vielleicht liegt es daran, dass ich auf Joshua, Tanya und Natalie sauer bin, weswegen in meinem Kopf kein Platz für Sorgen um die edlen Teppiche ist.

Amelia hat den Tanz schon alleine geübt und beherrscht ihn im Schlaf. Aber ich verstehe nicht, wieso ich ihn auch lernen soll.

»Schau«, sagt sie ernst. »Was, wenn ich krank werde? Wenn wir ihn beide können, hat Harriet weniger Chancen, uns einen Strich durch die Rechnung zu machen.« Dagegen kann ich beim besten Willen nichts sagen.

Als ich mich hinstelle und auf die Musik warte, fühle ich mich gehemmt und komme mir total blöd vor. Aber als ich mich konzentrieren muss, damit ich mich an die Schrittfolgen erinnere, vergesse ich meine Ängste und gebe mir mehr Mühe. Na so was, es fängt an, mir Spaß zu machen.

Amelia korrigiert ein paar Bewegungen, die ich falsch ausführe, weil ich an einer Stelle zum Beispiel die Arme nicht hoch genug hebe. Schließlich sagt sie, dass ich den Tanz jetzt tatsächlich gut genug kann, um ihn anderen beizubringen. Ha! Wer hätte das für möglich gehalten?

»Wenn du deine Hemmungen über Bord wirfst, bist du richtig gut«, sagt Amelia zum Schluss. »Du musst einfach mehr an dich glauben.«

Hoppla! Wie war das eben? *Amelia* hat mir gerade gesagt, dass ich an mich glauben soll! Kneift mich mal.

Als ich nach Hause komme, hat Dad sich immer noch nicht blicken lassen. Aber ich mache mir keine Sorgen. Ich bin mir zu achtzig Prozent sicher, dass er bald zurückkommen wird.

Mum scheint die Angelegenheit jetzt nicht mehr so witzig zu finden, was irgendwie beruhigend, aber doch seltsam ist.

Was soll's. Ryan und ich werden ihn morgen nach Hause holen. Da bin ich mir zu fünfundsiebzig Prozent sicher.

14. kapitel

»Beeil dich, Ryan!«, rufe ich am Samstagmorgen die Treppe hoch. Ich brauche meinen kleinen Bruder gar nicht zu sehen, um zu ergänzen: »Kein Baseballschläger, kein Winnie Puuh und kein Astronautenhelm, weder auf deinem noch auf Ladys Kopf.«

»Aber sie mag ihren Helm!«, protestiert Ryan oben auf dem Treppenabsatz. Merkwürdigerweise stimmt es, dass Lady ihren zum Helm umfunktionierten Pappkarton mag. Zumindest stört er sie nicht. Aber so oder so nehme ich die beiden in diesem Aufzug nicht nach draußen mit.

»Soll ich Dad etwas ausrichten?«, frage ich Mum, bevor wir gehen. »Magst du vielleicht mitkommen?« Ich wette, meine Mum könnte ihn stimmgewaltig überzeugen, vom Baum zu klettern.

»Sag ihm …« Mum überlegt. »Sag ihm, dass ich von seinem Durchhaltevermögen beeindruckt bin, aber er hat das nun hinreichend deutlich gemacht. Nun wird es allmählich albern. Wenn er jedoch gerne albern sein und dort oben bleiben *will*, habe ich nichts dagegen.«

Na ja, denke ich, *einiges* davon werde ich ihm ausrichten.

Zum Teil muss ich es wohl umformulieren, damit es wie ein *Befehl* klingt. Ich möchte Mum ja nicht vorwerfen, dass sie keine Ahnung von Sitcoms hat, aber ich bin ziemlich sicher, dass all das nie passiert wäre, wenn sie etwas mehr fernsehen würde.

Als wir beim Deanbury Forest ankommen, schlängeln Ryan, Lady und ich uns zwischen den Zelten und Demonstranten bis

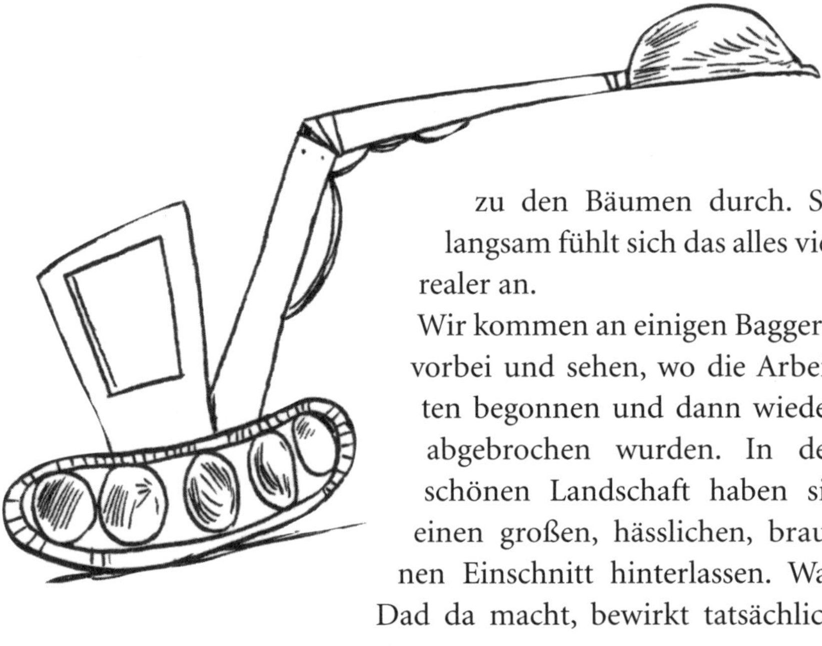

zu den Bäumen durch. So langsam fühlt sich das alles viel realer an.

Wir kommen an einigen Baggern vorbei und sehen, wo die Arbeiten begonnen und dann wieder abgebrochen wurden. In der schönen Landschaft haben sie einen großen, hässlichen, braunen Einschnitt hinterlassen. Was Dad da macht, bewirkt tatsächlich etwas.

Neben der grässlichen Schneise, die in die Erde geschlagen wurde, stehen einige Männer in Arbeitskleidung untätig herum. Ich schätze, dass sie heute mal wieder nicht zum Arbeiten kommen werden. Einige Polizisten halten sich in der Nähe auf und tun ebenfalls nichts. Ryan und ich machen einen großen Bogen um sie.

In den Baumkronen sind eine ganze Menge behelfsmäßiger

Baumhäuser zu sehen. Wir brauchen eine Weile, bis wir Dad ausfindig machen. Aber ein paar Demonstranten weisen uns den Weg zu »Bert Morris' Baum«.

»Dad! Daaaaaad! Bist du da oben? Wir sind's, Ryan und Jessica!«, rufe ich und Lady unterstützt mich mit Gebell.

»Kinder? *Ryan! Jessica!*«, ruft Dad aufgeregt zurück. Wir schauen nach oben und sehen sein vertrautes Gesicht, das voller Bartstoppeln ist, über den Rand des Baumhauses linsen.

»Hi!« Ich winke ihm zu.

»Daddy! Du lässt dir ja einen Bart wachsen!«, ruft Ryan erstaunt.

»Ja, ich kann mich hier oben nicht rasieren.« Dad schabt sich mit der Hand übers Gesicht.

»Was meinst du, kommst du bald runter?«, frage ich ihn.

»Tut mir leid, im Moment geht das noch nicht«, sagt Dad.

»Nicht mal zum Quatschen?«, frage ich. »Müssen wir weiter zu dir hochbrüllen?«

»Ich fürchte, ja!«, antwortet er.

»Was ist, wenn wir ganz lieb *bitte* sagen?«, fragt Ryan.

»Tut mir leid. Aber was ich hier mache, ist *sehr* wichtig!«, entgegnet Dad.

»Was machst du denn?«, fragt Ryan.

»Dein Dad ist ein Held!«, meldet sich eine andere Stimme zu Wort und ein weiteres bärtiges Gesicht erscheint im Baum.

»Wie Batman und Spider-Man?«, fragt Ryan.

»Äh … ja!«, antwortet die andere Stimme. »Dein Dad rettet den Wald wie ein Superheld in einem Comic! Allerdings hat er keine Superkräfte, darum wird er etwas länger brauchen als Batman.«

»Alles klar!«, meine ich sarkastisch. »Und wie viel länger?«

»Bist du Jessica?«, ruft das bärtige Gesicht. »Ich heiße Jay! Dein Dad hat mir alles über euch beide erzählt. Hast du dir den Spitznamen *Biotopinator* ausgedacht? Den fanden wir alle sehr amüsant.« Ach ja? *Wie reizend.* Ich denke mir lieber meinen Teil.

»Verzeihung!«, meldet sich Ryan zu Wort, der sich offensichtlich zu wenig beachtet fühlt. »Ich bin Ryan. Und Batman hat überhaupt keine Superkräfte.«

»Hallo Ryan!« Jay kichert. »Allerdings. Aber er hat tolle technische Geräte. Die haben wir nicht.«

»Und ihr habt nicht mal ein Cape!«, entgegnet Ryan, woraufhin Jay und Dad lachen.

»Ja, die haben sich bei diesem Superhelden einen echten Schnitzer geleistet«, kommentiere ich, obwohl ich im Geheimen anfange, beeindruckt zu sein, dass Dad sich in diese große Sache einbringt und etwas bewirken will.

»Können wir hochkommen?«, fragt Ryan.

»Das ist wahrscheinlich keine so gute Idee«, ruft Dad. »Es ist hier oben ehrlich gesagt nicht allzu gemütlich. Ich glaube nicht, dass es euch gefallen würde.«

»Daddy, wie gehst du da oben aufs Klo?«, will Ryan wissen.

»Das möchtest du bestimmt nicht hören!«, antwortet Dad.

Ich vermute, dass Ryan es sehr wohl hören will, aber zum Glück schwenkt er schon auf etwas anderes um. »Und wie bekommst du da oben etwas zu essen?«, fragt er.

»Man bringt uns das Essen hoch.«

»Was machst du, wenn du baden willst?«

»Nun, ein richtiges Badezimmer gibt es hier nicht. Wir –«

»Und wie putzt du dir die Zähne?«, unterbricht ihn Ryan.

»Jetzt hör auf, Dad mit Fragen zu löchern!«, fahre ich ihn an. »Du wartest ja nicht mal die Antworten ab.«

»Daddy, putzt du dir *überhaupt* die Zähne?«, hakt Ryan störrisch nach.

»Sozusagen!«, lautet die Antwort. »Manchmal bekommen wir einen Eimer Wasser, dann können wir uns ein bisschen waschen und die Zähne putzen.«

»Das klingt eklig«, verkündet Ryan.

»Ach, so schlimm ist es gar nicht, wenn man sich erst mal daran gewöhnt hat«, meint Dad gut gelaunt. »Und am schönsten ist es nachts. Da singen wir zusammen unter dem sternklaren Himmel.«

Dad scheint da oben aufrichtig glücklich zu sein, wie ein zu groß geratener Pfadfinder, der die Zeit im Zeltlager genießt. Er ist erstaunlich anpassungsfähig für einen verstaubten Angestellten, der gern ein sauberes Auto und einen gepflegten Rasen hat (nicht, dass sie je sauber und gepflegt wären).

»Kannst du mir eins der Lieder vorsingen?«, fragt Ryan.

»Also ich weiß nicht, die Texte sind ein bisschen unanständig«, erwidert Dad.

Jetzt singt er also schon *anarchistische* Lieder, die Schimpfwörter enthalten. Wieso lebt er überhaupt in einem Haus? Er ist ganz offensichtlich ein *wilder* übergroßer Pfadfinder. Gibt es so was überhaupt? Ich bin mir nicht sicher.

»Ich habe euch ganz schön vermisst«, sagt Dad etwas trauriger.

»Wir haben dich auch vermisst!«, antworte ich.

»Und Lady auch«, ergänzt Ryan. »Und Mum! Sie lässt dir etwas ausrichten!«

»Ach ja?«, ruft Dad.

Das ist der entscheidende Moment. Jetzt gilt es, ihn davon zu überzeugen, dass er heimkommen muss. Was wollte ich noch mal sagen? Mum ist verärgert … und … Aber als ich zu Dads Gesicht hochsehe, wird mir klar, dass ich ihn nicht anlügen kann.

Und ich möchte ihn nicht zwingen, etwas aufzugeben, an das er glaubt. (Auch wenn es ihm in der Vergangenheit nie etwas ausgemacht hat, mich zu zwingen, matschige Erbsen zu essen.) Ich schätze, ich stehe über den Dingen. Ich bin *Robert Wadlow*.

»Mum hat gesagt, dass dein Durchhaltevermögen sie beeindruckt!«, rufe ich zu ihm hoch. Dad strahlt. »Sie findet außerdem, dass du dich albern benimmst, aber wenn du albern sein willst, kannst du gern oben bleiben.« Dad lacht, aber er sieht eine Spur gerührt aus.

»Ich will nicht albern sein«, antwortet er etwas leiser.

»Ich wünschte, du könntest nach Hause kommen«, sage ich.

»Ich weiß. Ich auch. Aber ich tue das für euch. Für euch und eure Kinder und Enkelkinder. Und für die Vögel. Und die Kinder der Vögel und –«

»Okay, wir haben es verstanden«, unterbreche ich ihn.

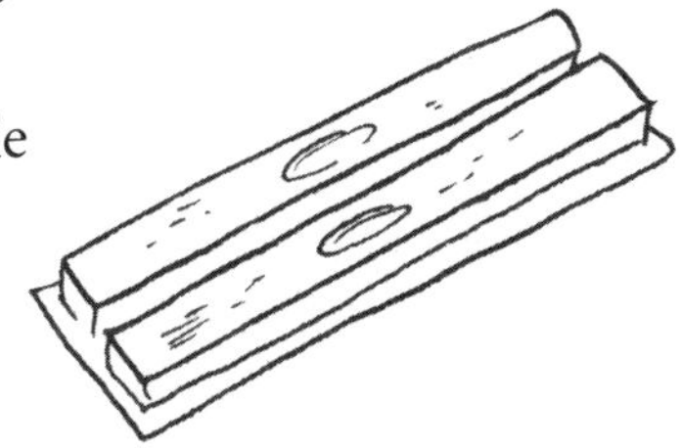

»Daddy, uns geht langsam die Schokolade aus«, sagt Ryan.

»Ich fürchte, von hier oben aus kann ich nichts dagegen unternehmen, Ryan!«, erwidert Dad.

»*Daddy, bitte*!«, quengelt Ryan. »Du musst!«

»Hör auf zu *quengeln*, Ryan!«, befiehlt Dad sauer. »Auch wenn ich auf einem Baum lebe, bin ich immer noch dein Vater und du hast mir zu gehorchen!«

Ich beschließe, dass wir uns jetzt besser vom Acker machen. Ryan verzeiht jedoch schnell und plappert den ganzen Heimweg davon, was für ein Held Dad ist.

»Und Daddy wird bestimmt oft an uns denken und uns vermissen, aber es ist für eine wichtige Sache, damit wir eine bessere Zukunft haben, und alle anderen Kinder auch. Unser Dad rettet alle, nicht nur uns, Jess. Haben wir nicht ein Glück?«

Er labert weiter und springt dabei über Steine und Äste. Lady hüpft neben ihm her.

»Ja, wir haben großes Glück«, antworte ich pflichtschuldig.

Aber dann beginne ich mich zu fragen, ob wir nicht tatsächlich Glück haben. Ich meine, Dad zeigt wenigstens, dass man etwas erreichen kann. Vielleicht ist er wirklich ein glänzendes Vorbild. Immerhin lebt er seine Träume.

Und genau das machen ja auch Natalie, Joshua und Tanya. Nur leider hindern ihre großartigen Träume sie daran, sich mit mir zu treffen.

Na, vielleicht sollte ich auch anfangen, meine Träume zu verwirklichen. Bloß wie? Alle sind mit ihren eigenen Träumen beschäftigt und haben mich zurückgelassen – traumlos.

Als ich an diesem Abend im Bett liege, kommt es mir fast so vor, als wäre meine Welt auf den Kopf gestellt worden. Seht euch nur an, was alles passiert ist:

1. Mein durch und durch braver, gesetzestreuer Dad lebt auf einem Baum.

2. Meine sonst so bodenständige und vernünftige beste Freundin hat sich in eine Diva verwandelt.

3. Ich hatte doch tatsächlich Spaß daran, zu einem Popsong zu tanzen.

4. Amelia, meine persönliche Mobberin und *Erzfreindin*™, hat mir allen Ernstes gesagt, dass ich an mich glauben soll.

Die Welt ist ganz entschieden verrückt geworden. Es liegt nicht an mir, es liegt an den anderen. Aber während ich langsam in den Schlaf hinüberdämmere, bin ich trotzdem immer noch ein bisschen traurig und verstört.

Am Morgen fühle ich mich nicht mehr traurig und verstört, sondern energiegeladen und stark. Echt krass, was Schlaf manchmal bewirken kann.

Wen kümmert es, was Natalie, Tanya und Joshua treiben? Ich brauche sie nicht. Ich brauche niemanden. Ich warte nicht mehr, bis jemand mir etwas von seiner wertvollen Zeit opfern kann. Ich werde das tun, was ich immer tue: etwas zeichnen. Darin bin ich gut.

Und ich kenne meinen Traum. Im Moment möchte ich witzige Sachen für das ultimative Elternhandbuch schreiben. Und genau das werde ich jetzt auch tun. *Ha!*

Nach dem Frühstück setze ich mich an meinen Schreibtisch und beginne, Ideen für witzige Ratschläge zu notieren, die man Eltern geben könnte. Es macht Spaß.

Was mir so einfällt:

1. Verbiete deinem Kind nie etwas, wenn seine Freunde dabei sind. Und frag es dann bloß nicht, ob es aufs Klo muss.
2. Die Filmfreigabe ab 15 ist nur ein Schätzwert.
3. Wenn du nicht gut kochen kannst und darauf bestehst, deinen Kindern labberige Fischstäbchen zu servieren, dann bezahle ihnen wenigstens Schmerzensgeld.
4. Spielzeuggeschäfte haben das ganze Jahr über geöffnet, nicht nur vor Weihnachten. Geht dort regelmäßig bummeln.
5. Freizeitparks sind nicht »gnadenlos überteuert«, sondern jeden Cent wert.

6. Was ist wichtiger: dein Teppich oder das Selbstwertgefühl deines Kinds? Siehst du! Also brüll es nicht ständig wegen kleiner Missgeschicke an.

7. Brüll es überhaupt niemals an.

8. Frag deine Kinder, ob sie zu der langweiligen Hochzeitsfeier deiner Familie mitkommen wollen. Wenn sie Nein sagen, respektiere ihren Wunsch. Zwinge sie nicht mitzukommen und steck sie auf keinen Fall in hässliche Klamotten oder Anzug mit Fliege.

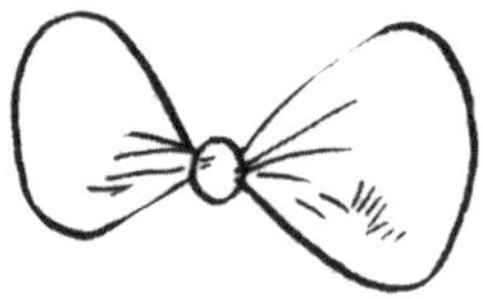

9. Kauf deinen Kindern immer Süßigkeiten. Es macht sie glücklich. Und wenn sie glücklich sind, bist du es auch.

Plötzlich höre ich ein Klirren aus dem Wohnzimmer. Ryan und ich flitzen die Treppe hinunter, und ich sehe gerade noch, wie Lady vom Tatort flüchtet.

Mum kommt mit einem Geschirrtuch in der Hand aus der Küche. »Was zur –?« Sie hält inne, als sie eine zerbrochene Vase auf dem Boden sieht. »War das der verflixte Hund?«

»Nein!«, schreit Ryan augenblicklich. »Das war ich, Mummy. Ich bin im Haus rumgerannt, obwohl es verboten ist.«

Ryan, du Held, denke ich im Stillen. Ich möchte widersprechen und behaupten, ich sei es gewesen, aber dann würde Mum merken, dass wir schwindeln.

»Oh Ryan, *wieso nur*?« Mum sieht schrecklich müde aus.

»Ich habe nicht nachgedacht«, sagt mein selbstloser kleiner Bruder.

»Ich bin wirklich sauer, Ryan. So etwas kann ich heute über-

haupt nicht gebrauchen.« Sie sieht allerdings aus, als ob es ihr leidtäte, ihn zu schelten. Aber ich schätze, so sind die Regeln.

»Es tut mir total leid, Mummy«, sagt Ryan. »Du kannst die Vase von meinem Taschengeld bezahlen.« Auch wenn wir das Geld nicht aus dem Fenster werfen, bin ich mir ziemlich sicher, dass die Vase mehr gekostet hat, als in Ryans Sparschwein steckt.

»Du gehst jetzt besser in dein Zimmer«, sagt Mum. Das ist keine allzu schlimme Strafe, denn dort hat Ryan sowieso gerade gespielt.

Ich helfe Mum, die Scherben aufzukehren, und erzähle dabei, dass Ryan es wirklich nicht mit Absicht gemacht hat und dass es jedem von uns hätte passieren können.

Als ich wieder an meinem Schreibtisch sitze, füge ich meinem Elternhandbuch folgenden Rat hinzu:

10. Vasen und Versprechen sind dazu da, gebrochen zu werden.

Ich überlege, ob ich noch hinzufügen soll, dass man unter keinen Umständen eine Midlife-Crisis bekommen und in einen Baum ziehen sollte, aber ich befürchte, dass das zu sehr auf meine Situation zugeschnitten und darum nicht von allgemeinem Interesse ist.

Ich lese die Liste noch einmal durch, um zu sehen, ob ich die Punkte anders formulieren und dadurch noch witziger machen kann. Dann beginne ich, sie mit Cartoons zu illustrieren.

Ich merke gar nicht, wie die Zeit vergeht, bis ich Ryan später rufen höre: «Kann ich jetzt wieder rauskommen?«

Mum sagt Nein, also bringe ich ihm etwas Schokolade.

»Bitte schön, Ryan«, sage ich. »Es war wirklich tapfer von dir, die Schuld auf dich zu nehmen.«

»Ja«, sagt Ryan stolz und freut sich über die Schokolade.

»Nächstes Mal bin dann ich dran, damit es fair ist«, sage ich zu ihm.

»Okay«, sagt Ryan mit vollem Mund. »Und dann bringe ich dir Schokolade.«

»Abgemacht.« Wir besiegeln es mit einem Handschlag.

15. kapitel

Als ich am Montag wieder in der Schule bin, fühle ich mich viel gelassener. So richtig Zen-mäßig: Komme, was da wolle. Ich bin sehr zufrieden mit meinen Ideen für das ultimative Elternhandbuch, Mum und Ryan haben sich wieder versöhnt und alles fühlt sich friedlicher an.

Ich bausche die ganze Schauspielsache nicht mehr so auf und freue mich darauf, Joshua und Tanya meine neuen Arbeiten zu zeigen. Ich bin sicher, dass sie sie mögen werden, und das wird uns alle pushen, wieder härter gemeinsam am Comic zu arbeiten.

Natalie verhält sich am Anfang mir gegenüber noch etwas unterkühlt, aber nach der letzten Stunde benimmt sie sich wieder fast normal.

Bevor die Probe beginnt (und ich vom Malen und Gestalten zu sehr abgelenkt bin), gehe ich zu Tanya und Joshua rüber, um ihnen meine Ideen zu zeigen.

»Hey, wie geht es meinen Lieblingsmimen?«, frage ich.

»Wie hast du mich eben genannt?«, fragt Tanya ein bisschen harsch.

»Entspann dich. Ein Mime ist ein Schauspieler«, erklärt Joshua.

»Und zwar ein Schauspieler in einer *Tragödie*«, ergänze ich. (Zu irgendwas muss es ja gut sein, sich mit Harriet VanDerk abzugeben.) »Und ihr beiden seid ziemlich tragisch drauf«, scherze ich.

»Hey!«, sagt Tanya, grinst aber dabei.

»*Der Zauberer von Oz* ist wohl kaum eine Tragödie«, sagt Joshua.

»Sollte es jedenfalls nicht sein«, stimme ich zu.

Er kichert. »Aus deinem munteren Geplänkel schließe ich, dass du uns nicht mehr böse bist, weil wir nicht zu den Comic-Meetings gekommen sind.«

»Ja«, sage ich. »Tut mir leid, falls ich überreagiert habe. Ich fand nur, dass euer Getue ein bisschen albern wurde. Es stört euch also hoffentlich nicht, dass ich die Dinge selbst in die Hand genommen habe.«

»Soll heißen?« Joshua hebt eine Augenbraue. Ich weiß nicht, wieso er immer noch denkt, er wäre supercool. Besonders, wenn er den Vogelscheuchen-Hut aufhat.

»Ich habe das ultimative Elternhandbuch im Alleingang gemacht.« Ich reiche ihnen meine Blätter. In dem Moment kommt Natalie rüber.

»Hey, das ist echt gut, Toons«, sagt Tanya beim Durchblättern.

»Äh, was machst du da?«, fragt Nat mit einem angriffslustigen Unterton.

»Äh.« Ich zögere verdattert. »Ich zeige Joshua und Tanya etwas für den Comic.«

»Tja, damit störst du sie beim Proben«, erwidert sie total schnippisch.

»Nat, ist das wegen neulich?«, frage ich.

»Ich habe keine Ahnung, wovon du sprichst«, sagt sie leichthin. »Aber wie du und Amelia betont habt, sind wir alle sehr beschäftigt, darum ist es ganz schön dreist von dir, die Probenzeit mit etwas anderem zu blockieren.«

»Also echt jetzt, du bist –«, versuche ich sie zu unterbrechen.

»Nein, nein, so sind die Regeln, nicht wahr?«, tönt Nat. »Ich hatte Probe, also bist du zu Amelia gegangen. Tja, und jetzt müssen die beiden proben. Also ab mit dir!«

»Nat –«

»Dann werden wir ja sehen, wie dir das gefällt!«, blafft sie. Dann steht sie mit verschränkten Armen da. Wenigstens sagt sie nichts mehr.

»Du bist total unvernünftig«, lasse ich sie wissen und bleibe dabei überraschend ruhig. Ich *weiß* nämlich, dass es stimmt und dass es diesmal *nicht* an mir liegt.

Joshua und Tanya wirken leicht peinlich berührt. »Tja, wir sollten tatsächlich mal weitermachen, Jess«, sagt Joshua sanft.

»Ich auch«, sage ich verärgert. »Ich muss noch jede Menge Bühnenbilder gestalten. Ich wollte nur, dass ihr mir mal zwei Sekunden eurer wertvollen Schauspielzeit opfert.«

»Ich schätze, wir halten uns jetzt besser mal an den Zeitplan«, sagt Nat. »Du kannst ja mit Amelia abhauen, oder was auch immer.«

So, das *reicht*. Ich kann die Unverfrorenheit dieses Mädchens nicht fassen. Ich drehe mich einfach um und lasse sie und die anderen stehen. Mir ist heiß, ich schäme mich und bin wütend. Und ich bin ziemlich sicher, dass das alles nicht meine Schuld sein kann. Ich habe von diesem blöden Musical jetzt wirklich die Nase gestrichen voll.

Der Rest der Probe ist entsetzlich. Und das liegt nur zum Teil daran, dass Harriet VanDerk eine offizielle Protestaktion gegen unsere Tanznummer zum Megan-Flyer-Song gestartet hat.

Es geht nur noch ums Prinzip. Die Fronten wurden abgesteckt. Auf der einen Seite Harriet, auf der anderen Amelia und ich und gewissermaßen die Allgemeinheit.

»Hallo Megan.« Harriet kommt zu Megan, Fatimah und mir. Wir malen gerade die Blumen für das Munchkin-Land.

»Ich kriege dich! Und deinen kleinen Hund auch!«, kreischt Tanya von der Bühne. (Ich kann kaum glauben, dass mir diese Zeile mal gefallen hat. Ich habe sie jetzt schon viiiiiel zu oft gehört.)

»Äh, hi«, antwortet Megan.

»Möchtest du meine Petition unterschreiben?«, fragt Harriet.

»Worum geht es?«, fragt Megan.

»Oh, versuchst du, die Delfine zu retten?«, fragt Fatimah, was ich ziemlich optimistisch finde.

»Es geht darum, für das Musical-Finale einen anderen Song als *Party Don't Stop* auszusuchen«, sagt Harriet.

Man merkt ihr an, wie sehr es sie wurmt, den Songtitel laut aussprechen zu müssen, weil es eigentlich *Party Doesn't Stop* heißen müsste. Sie brennt darauf, nach Party ein Komma einzufügen, damit es sich wie ein Befehl anhört: »*Party, don't stop.*« Und nicht wie eine Bemerkung darüber, wie lange die Party schon dauert.

»Au ja!«, sagt Megan aufgeregt und fängt an zu singen.

»Ich liebe diesen Song!«, sagt Fatimah. Sie hopsen beide ein bisschen herum.

»Was hattest du gesagt?«, fragt Megan.

»Vergiss es.« Harriet seufzt und schlurft davon.

»Nein!«, ruft Nat von der Bühne. »Wir gehen nicht weg, bis du uns hilfst!«

Das ist typisch *für Natalie. Sie versucht sich durchzusetzen, indem sie mit dem Zauberer von Oz streitet,* denke ich. Ha, kein Wunder, dass sie so gut ist. Sie muss nicht mal schauspielern. *Wumm!* (Ich klatsche mich gerade in Gedanken selbst ab.)

16. kapitel

Ich schäume immer noch vor Wut, als ich heimkomme und feststellen muss, dass auch hier allmählich alles den Bach hinunterzugehen droht. Meine Mum hat während der ganzen Mein-Mann-lebt-in-einem-Baum-Krise verschiedene Phasen durchlebt: (1) Gelächter/Leugnen; (2) Angriffslust; und (3) Selbstmitleid.

In der dritten Phase befindet sie sich gerade.

Ryan und ich haben heimlich dafür gesorgt, dass alles picobello ist. Wir haben alles Zerbrechliche weggeräumt, haben Schuhe und Briefstapel so hingelegt, dass Lady nichts zerkauen kann. Aber dann hat Mum fünf Minuten lang panisch die Post gesucht.

»Ryan, *was* machst du denn da?«, fragt Mum plötzlich.

Ich bin gerade dabei, die Gläser tiefer in den Schrank zu räumen, und drehe mich um. Ryan hat den Küchentisch versehentlich für vier anstatt für drei Personen gedeckt.

»Oh, stimmt«, sagt Ryan, als er seinen Fehler bemerkt.

»Du hast nicht nachgedacht!«, schreit sie ihn an.

»Nun beruhige dich, Mum, es war doch nur ein Versehen«, sage ich. »Hättest du gern eine Tasse Tee?«

Sie seufzt. »Ja bitte, Jessica«, antwortet sie. »Tut mir leid, Ryan, mein Liebling.«

Ryan räumt das überzählige Besteck ab, ich mache Tee und

Mum serviert Thunfisch-Nudel-Auflauf. Wir setzen uns an den Tisch.

»Danke für den Tee, Schatz«, sagt Mum und nimmt einen Schluck.

»Gern geschehen.« Ich entspanne mich und Ryan und ich beginnen zu essen.

»Igitt, was ist das denn?«, keucht Mum plötzlich und spuckt Tee in alle Richtungen.

»Eine Tasse Tee natürlich«, erwidere ich.

»Jess, es reicht nicht, dem Teebeutel nur mal kurz das Wasser zu *zeigen*, weißt du!«

»Tut mir leid«, sage ich.

»Ist schon in Ordnung.« Sie seufzt erneut. »Dein Dad hat immer den besten Tee gemacht.«

»*Macht* den besten Tee, Mum«, verbessere ich sie. »Er wird bald zurückkommen. Da bin ich mir zu siebzig Prozent sicher.«

»Ich hoffe, er beeilt sich«, sagt Mum. »Ich bin absolut dafür, sich selbst zu verwirklichen und seine Träume zu leben, aber er verbraucht dabei seine ganzen Urlaubstage, weißt du.«

»Wenigstens ist es für eine gute Sache«, erwidere ich.

»Aber ich wollte, dass wir zusammen nach Blackpool fahren.« Mum sieht ein bisschen niedergeschlagen aus. Sie liebt Blackpool.

Zu dumm, dass der Tee, den ich ihr gemacht habe, sie nicht aufgemuntert hat.

Einer der Nachteile von Dads Abwesenheit ist ganz klar die Tatsache, dass niemand da ist, der den garantiert beruhigenden Tee zubereiten kann.

Plötzlich wird die Hintertür geöffnet und Tammy stolpert herein.

»Tammy!«, ruft Mum überrascht.

»Solltest du nicht auf einem Baum sitzen?«, frage ich.

»Wo ist Daddy?«, will Ryan wissen.

»Oh ja, er ist immer noch da oben und will nicht runterkommen«, sagt sie mit Nachdruck.

»Äh, und wieso bist *du* runtergekommen?«, frage ich.

»Oh«, meint Tammy unbekümmert, »ich werde am Boden benötigt, weißt du. Botengänge erledigen, Nachrichten überbringen. Da kann ich mich *viel besser* nützlich machen, als wenn ich oben im Baum sitze.«

Ha! Wer's glaubt!, denke ich. Mum kauft ihr das auch nicht ab. Sie hebt eine Augenbraue und sieht aus, als würde sie ein Grinsen unterdrücken.

»Lag es nicht eher daran, dass es der totale Albtraum ist, immer nur auf einem Baum zu sein, ohne Klo, dafür mit viel Gesang?«, necke ich sie.

»Ich kann nicht fassen, dass du mir so was unterstellst!« Tammy ist gekränkt.

»Möchtest du mit zu Abend essen?«, fragt Mum.

»Ja, bitte«, antwortet Tammy kleinlaut und lässt sich sofort in einen Stuhl sinken. Vielleicht hätte Ryan den Tisch doch für vier Personen decken sollen. Womöglich ist er derjenige von uns beiden, der hellsehen kann.

»Leider ist Thunfisch drin«, sagt Mum. »Ich nehme an, dass du immer noch Vegetarierin bist.«

»Ja«, sagt Tammy niedergeschlagen.

»Soll ich dir einen Toast machen«, fragt Mum. »Oder –«

»Oh, mach dir keine Mühe, Mum, ich esse einfach drum herum«, wirft Tammy ein. Dann schiebt sie einen winzigen Streifen Thunfisch an den Tellerrand und macht sich heißhungrig über das Essen her.

Bäh. Schule. Dienstag. Wer hat eigentlich den Dienstag erfunden? Nicht gerade eine Meisterleistung.

Natalie ignoriert mich jetzt komplett. Das ist total lächerlich. Ich kann kaum glauben, wie sehr sie das alles aufbauscht.

Mittags esse ich mit Cherry und Shantair, meinen Freundinnen aus dem Schachclub. Shantair spielt den Feigen Löwen, und trotzdem reitet sie nicht ständig auf dem Thema rum. Sie hat das Musical nur ein paar Mal erwähnt, aber nicht annähernd so oft wie Natalie.

Der Tag zieht sich so schrecklich zäh wie Kaugummi. Endlich beginnt die nächste Probe, aber selbst die macht mir keinen rechten Spaß, weil ich aus dem Augenwinkel Natalie sehe, die vor dem Bühnenbild mit der gelben Ziegelsteinstraße tanzt oder zusammen mit der restlichen Truppe singt und laut ihren Text aufsagt. Das erinnert mich immer wieder daran, dass wir nicht mehr miteinander reden, und dann fühle ich mich seltsam.

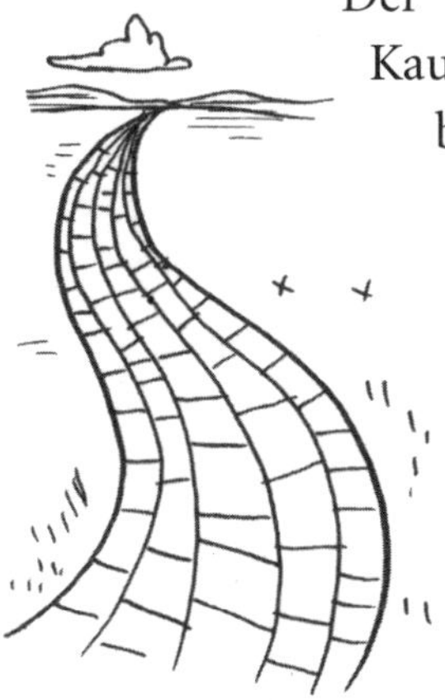

»Diese Blumen sehen supertoll aus, Jess«, meint Emily begeistert, als wir die Blumen fürs Munchkin-Land weitermalen.

»*Hurra.*« Ich versuche, begeisterter zu klingen, als ich mich fühle.

Harriet kommt zu uns. »Emily«, sagt sie förmlich.

»Was kann ich für dich tun?«, fragt Emily.

»Du könntest meine Petition unterzeichnen«, antwortet Harriet.

Ich bin echt beeindruckt von mir selbst, denn ich schaffe es, nicht die Augen zu verdrehen oder Harriet eine zu verpassen.

»Kommt drauf an«, sagt Emily argwöhnisch. »Um was geht es darin?«

»Um den Song von Megan Flyer am Ende des Musicals«, erklärt Harriet.

»Oh ja! Party Don't Stop!«, singt Emily und tanzt dabei herum. »Ich wusste gar nicht, dass du auf Megan Flyer stehst, Harriet! Wow!« Emily tanzt weiter und stupst Harriet an, als wollte sie sie zum Mitmachen ermuntern. Als ob sie sich dazu herablassen würde! Das bringt mich zum Lachen.

»Nein, es geht darum … ach, vergiss es!«, fährt Harriet sie an und stapft beleidigt davon.

»Was ist denn los?«, fragt Emily, die über Harriets Reaktion ehrlich überrascht ist. Als ich immer weiterlache, guckt sie verwirrt.

»Ich weiß nicht«, antworte ich. »Aber du hast mich gewaltig aufgeheitert, Emily.«

»Ha!« Emily freut sich und tanzt noch ein bisschen. »*Party*

Don't Stop!« Sie denkt wohl, dass der Song meine Laune gehoben hat. Wenn sie wüsste!

Endlich ist der Tag fast vorbei. Und immerhin bin ich sehr zufrieden damit, wie die Blumen geworden sind.

Hmmm. Es war wahrscheinlich nicht gerade der phänomenalste Schultag gewesen, wenn das das Beste ist, was man über ihn sagen kann.

17. kapitel

An diesem Abend hat Mum gute Neuigkeiten für uns. »Vielleicht kommt Tante Joan uns bald besuchen«, kündigt sie an.

»Juchhu!«, freut sich Ryan.

»Großartig!«, finde auch ich. »Ist sie wieder mit dem Orchester in der Stadt?«

»Nein, sie, äh, hat noch Resturlaub und dachte, da könnte sie eine Weile zu uns kommen.«

»Das ist grandios«, sage ich. Jetzt brauche ich sie nicht anzurufen, um ihr von den ganzen verrückten Sachen zu erzählen, die passiert sind. «Ich finde es nett, dass sie ihre Ferien bei uns verbringen will«, füge ich hinzu.

»Ja«, stimmt Mum mir zu. »Um ehrlich zu sein, habe ich ihr erzählt, was dein Dad so getrieben hat, und da hat sie einen Lachanfall bekommen und hat gemeint, dass sie das unbedingt mit eigenen Augen sehen will.« Sie hält inne. »Aber ich glaube, es geht ihr vor allem darum, Zeit mit uns zu verbringen«, ergänzt sie hastig.

Hmmm.

»Wir haben jetzt offiziell grünes Licht für die Megan-Flyer-Nummer!«, erzählt Amelia freudestrahlend, als Harriet und ich die grauen Ziegelsteine für das Schloss der Bösen Hexe malen. (Das Schloss habe ich gestaltet – danke, vielen Dank.)

»Das ist toll!«, sage ich. »*High five*!«

Amelia und ich klatschen uns ab (obwohl Amelia das sonst nie macht, weil sie das für unter ihrer Würde hält. *Ich* glaube, sie checkt einfach nicht, wie viel Spaß das macht).

»Ich kann nicht fassen, dass ich dich gerade abgeklatscht habe.« Amelia kichert.

»Ich auch nicht«, sagt Harriet abschätzig.

»Es ist eine Schande, dass niemand deine Petition unterzeichnet hat, Harriet«, sagt Amelia mit übertriebenem Lächeln.

Harriets Aufruf, der verhindern sollte, dass ein »stumpfsinniger« Popsong das Musical ruiniert, ist offiziell fehlgeschlagen. Außer ihren Eltern hat niemand unterschrieben.

Harriet hat sich die Erklärung zurechtgelegt, dass »junge Menschen sich nicht für Politik interessieren«. Vermutlich lag es eher daran, dass Harriet unbeliebt ist und dass es in ihrer Petition nur darum ging, allen den Spaß zu verderben.

Harriet ist sichtlich angepisst, versucht aber, die Nase oben zu halten. »Tja, über den Geschmack mancher Leute kann man sich nur wundern«, erwidert sie hochmütig.

»Ja, besonders über deinen«, macht sich Amelia über sie lustig. »Und über den deiner Eltern. Hast du gewusst, dass deine Mum meine Mum angerufen hat, damit sie mich dazu bringt, den Song aufzugeben? Unfassbar. Deine Mum hat sie ja nicht mehr alle.«

»Hey«, sage ich unvermittelt.

»Was denn?«, fragt Amelia.

»Also, ich finde nur, dass wir niemanden danach beurteilen sollten, was seine *Eltern* machen«, sage ich. »Das ist nicht fair.«

»Ihre Mum hat meine Mum *angerufen*, wegen eines Popsongs«, sagt Amelia. »Die spinnt doch.«

»Schon, aber dafür kann Harriet ja nichts.« (Ich kann kaum glauben, dass ich das sage.)

»Außer sie hat sie dazu angestiftet, um ihren Kopf durchzusetzen«, stellt Amelia klar.

»In Ordnung«, antworte ich. »Dann sagen wir einfach, dass Eltern tabu sind. Versteht ihr, was ich meine? Wir sehen darüber hinweg, dass Harriets Eltern verrückt sind. Und falls dann jemand von unseren Eltern etwas Verrücktes macht … beispielsweise … sagen wir mal … ach, ich weiß auch nicht … für eine Weile auf einem Baum lebt –«

»Das ist ziemlich verrückt«, fällt mir Amelia ins Wort.

»Genau«, sage ich verunsichert. »Jedenfalls darf dann keiner etwas darüber sagen.«

»Also … einverstanden«, sagt Amelia.

»Harriet?«, frage ich. Aber Harriet sagt nichts.

»Harriet?«, beharrt Amelia streng. »Warum bist du nicht damit einverstanden? Es ist zu deinem eigenen Schutz.«

»Sag vor Zeugen, dass du einverstanden bist«, ergänze ich.

»Na gut.« Harriet seufzt. *Pffff!*

»Eine mündliche Vereinbarung hat vor Gericht Bestand«, erinnere ich die beiden, nur zur Sicherheit.

Der Rest der Probe verläuft ohne Zwischenfälle. Ich vermute, dass ich Amelia den Wind aus den Segeln genommen habe. Sie wollte sich noch mehr an Harriets Misserfolg ergötzen, doch ich habe ihr das nicht durchgehen lassen.

Aber ich denke, das ist in Ordnung. Amelias Hang, über andere herzuziehen, mag ich immer noch am wenigsten an ihr. Und wenn sie keine Gelegenheit mehr dazu hat, kann sie ihre Energie in andere Richtungen lenken und wird viel netter.

Als wir am Ende der Probe unsere Sachen zusammenpacken, kommt Amelia zu mir rüber. »Möchtest du mit mir am Samstag Inlinern gehen?«, fragt sie.

»Äh, wirklich?«, wundere ich mich. Will sie mich reinlegen? Das hat sie früher ständig so gemacht. Einen Tanz für das Musical einzustudieren, ist eine Sache, aber das hier klingt nach einem reinen Freundschaftstreffen.

»Wirklich.« Amelia nickt.

»Was ist mit Nat?«, frage ich. »Kommt sie auch?« Vielleicht will Amelia uns auf diese Art wieder zusammenbringen. Das wäre direkt lieb von ihr.

»Nein. Ich habe sie gefragt, aber sie hat gesagt, dass sie zu viel mit dem Musical zu tun hat«, sagt Amelia. »Wir verstehen uns gerade nicht so toll.«

»Ich mich mit ihr auch nicht«, sage ich, auch wenn es total offensichtlich ist, weil wir diese Woche kaum miteinander gesprochen haben. Ich hüstle nervös. »Ich weiß nicht, ob ich kommen kann«, antworte ich dann. »Ich muss das erst klären.«

Amelia hebt eine Augenbraue. »Ich versuche nicht, dich reinzulegen, falls du das glaubst, Jessica.«

»Das habe ich nicht gesagt«, entgegne ich. *Gedacht* habe ich es aber, was nicht das Gleiche ist.

»Jessica, es tut mir aufrichtig leid, dass ich dich … schikaniert habe«, sagt Amelia, der es offenkundig widerstrebt, dieses Wort zu benutzen. Aber ihr fällt keine nettere Bezeichnung dafür ein. »Es ist wahrscheinlich offensichtlich, aber ich war auf dich und Natalie eifersüchtig, als ich neu hier an die Schule kam. Natalie war am Anfang meine einzige Freundin, und ich dachte, damit es so bleibt, müsste ich … dich ein bisschen loswerden.«

Oh mein Gott – sie hat es zugegeben!

»Geeeenau«, sage ich so lässig wie möglich.

»Weißt du, ich kann nicht behaupten, dass ich nicht wusste, was ich tat, denn ich wusste es sehr wohl. Ich wusste, dass ich dich schikaniert habe. Aber das ist mir jetzt total peinlich. Und es tut mir leid.«

Das ist unfassbar!

»Ich kann nicht glauben, dass du es zugibst«, sage ich.

»Ich weiß«, antwortet sie mit schiefem Lächeln. »Ich bin sehr mutig.«

Ich muss lachen. »Du solltest deine Energie lieber für gute als für böse Taten einsetzen«, sage ich.

»Tja, *vielleicht* mache ich das sogar«, erwidert Amelia. »Eines fernen Tages.«

Ich gluckse.

»Ich dachte, wir würden uns jetzt wirklich gut verstehen«, sagt Amelia.

»Tun wir auch«, bestätige ich.

»Schau, von meinen Freunden hat gerade keiner Zeit«, gibt Amelia zu. »Und von deinen auch nicht, würde ich sagen.«

Da hat sie nicht ganz unrecht. Und sie hat mir neulich gesagt, dass ich an mich glauben soll.

»Also gut«, sage ich. »Ich würde gerne mit dir am Samstag zum Rollschuhlaufen gehen.«

»Bist du sicher?«, erkundigt sich Amelia, ob sie mich nicht gegen meinen Willen dazu überredet hat.

»Na klar bin ich sicher«, antworte ich. »Sei doch nicht D.O.O.F.«

»Das lasse ich dir ausnahmsweise durchgehen«, sagt Amelia.

»Sehr klug von dir«, erwidere ich.

Und das ist das Ende einer der seltsamsten Unterhaltungen, die ich je geführt habe.

Mir geht kurz durch den Kopf, ob Nat böse sein wird, wenn sie es erfährt. Ich tue ja im Grunde genau das, was sie mir vorgeworfen hat. Andererseits wurde sie auch eingeladen. Nicht, dass es sie bisher davon abgehalten hätte rumzumotzen.

Außerdem hindert sie Joshua und Tanya ständig daran, etwas mit mir zu unternehmen. Wisst ihr was? Vielleicht bin *ich* ja sauer auf *sie*. Vielleicht sollte es mir egal sein, was sie denkt. Vielleicht geschieht es ihr ganz recht.

18. kapitel

»Huhuuuu! Jemand zu Hause?«

»Tante Joan!«, quiekt Ryan und läuft ihr entgegen, als sie am Samstagmorgen in unserem Flur ihre Taschen fallen lässt.

»Wie lange bleibst du, Joan. Einen Monat?«, fragt Mum mit einem Blick auf das viele Gepäck.

»Hallöchen!« Joan umarmt uns der Reihe nach. »Hallo, Lady, hallo, meine Schöne.« Sie streichelt unsere Hündin, die so wild mit dem Schwanz wedelt, dass es im Flur noch enger wird. »Wie wäre es mit einer schönen Tasse Tee? Wer hat Hunger?«

»Ich fürchte, es ist nicht viel im Haus«, sagt Mum.

»Du siehst erschöpft aus«, meint Joan.

»Nun, wir müssen noch einkaufen gehen«, erklärt Mum.

»Ach was, nein«, sagt Joan bestimmt. »Jetzt ist die großartige Tante Joan da. Wieso nimmst du nicht ein Entspannungsbad und ich gehe inzwischen mit Ryan und Jess in den Supermarkt? Ihr könnt mir bestimmt sagen, was wir einkaufen müssen, stimmt's, ihr beiden?«

Ryan und ich nicken eifrig. Das ist der beste Plan überhaupt!

»Das wäre wirklich wunderbar«, sagt Mum. »Ich habe seit wer weiß wie lange keine Ruhe mehr gehabt, außer während der Arbeitszeit.« (Wie reizend! Vor uns braucht man doch keine Ruhe? Wir sind die reinsten Engel.) »Ich hole schnell meine Geldbörse.«

»Aber nein«, sagt Joan. »Den Einkauf bezahle ich. Wozu hat man Schwestern?« (*Hmmm.* Tammy schuldet mir und Ryan ein paar leckere Snacks, wenn es *das* ist, wozu man Schwestern hat.)

»Danke, Joan«, sagt Mum.

»Kommt, Kinder«, sagt unsere Tante und öffnet die Haustür. »Lebt Bert wirklich auf einem Baum?«

»Ja, aber pst!«, mahnt Mum. »Das hätte uns noch gefehlt, dass die Nachbarn etwas mitbekommen.«

»Um Himmels willen, bloß nicht«, sagt Joan sarkastisch. »Es ist das Beeindruckendste, was er je gemacht hat!«, ruft sie in den Vorgarten, um Mum zu necken. »Ich hatte keine Ahnung, dass er zu so etwas in der Lage ist.«

»Geht einfach!« Mum schiebt uns aus der Tür und zieht sie hinter uns fest ins Schloss.

»Um das mal klarzustellen«, sagt Joan, als wir auf den Parkplatz des Supermarkts einbiegen. »Eure Eltern haben euch ausdrücklich ermahnt, auf keinen Fall ohne bergeweise Pizza und Eis heimzukommen. Richtig?«

Ryan und ich kichern. »Das ist eine ihrer wichtigsten Erziehungsregeln«, sage ich spaßhalber. »Da sind sie knallhart, Tante Joan. Und wir wollen nicht ungezogen sein.«

Joan kichert und stellt den Motor ab. »Okay, Kinder. Ich kaufe euch gern so viel ungesundes Essen, wie ihr wollt. Damit eure Mum zufrieden ist, besorgen wir auch etwas Obst und

Gemüse. Wir sollten alle endlich ein bisschen Freude am Leben haben, finde ich. Was meint ihr?«

Ich kann nur sagen: Das ist der *beste Einkaufstrip* aller Zeiten. Ryan und ich füllen den Einkaufswagen mit Keksen, Donuts, Teigtaschen, Limonade, Würstchen, Cupcakes, Bonbons, Pizza, Eis, Schokolade und Chips. Es ist wie Weihnachten im Mai und wir dürfen das Weihnachtsessen aussuchen. (So gesehen hat es wenig mit dem richtigen Weihnachten gemeinsam, aber ihr wisst schon, wie ich es meine.)

Joan setzt mich am Nachmittag sogar am Skatepark ab (wo ich mich mit Amelia erstaunlich gut amüsiere. Vielleicht sollte ich allmählich aufhören, deswegen jedes Mal überrascht zu sein). Danach holt sie mich wieder ab.

Am Abend besteht Joan darauf, dass wir Pizza bestellen, danach spielen wir alle zusammen Twister (Joan und ich können es am besten, aber am Ende gewinne ich – danke, vielen Dank). Danach schauen wir einen Film. So viel Spaß hatte ich mit meiner Familie nicht mehr, seit Dad uns verlassen hat, um auf einem Baum zu leben.

»Danke, Joan«, sagt Mum leise, als Ryan nach oben gegangen ist, um sich vor dem Schlafengehen die Zähne zu putzen. Ich sitze auf dem Sessel beim Fernseher und tue so, als würde ich nicht mithören.

»Gern geschehen«, sagt Joan in normaler Lautstärke, ohne auf Mums Flüstern einzugehen. »Siehst du, es ist genau, wie ich es immer sage. Es ist wichtig, die schönen Seiten des Lebens nicht zu vergessen, habe ich recht?«

»Nun ja«, sagt Mum, die jetzt auch nicht mehr flüstert. »Aber nur manchmal. Kinder brauchen Regeln und Grenzen.«

»Aber ihr gönnt euch *nie* etwas Spaß!«, ruft Joan. »Eure armen Kinder. Ihr müsst sie hin und wieder *von der Leine lassen.*«

Au ja!, möchte ich ihr zujubeln. (Aber dann würde Mum mich nach oben schicken.) *Lass uns hin und wieder von der Leine, Mum.*

Ich liebe Tante Joans Besuche.

Am nächsten Tag bin ich von der Pizza noch so satt, dass ich nicht weiß, ob ich für die Kekse mit Cremefüllung, die wir jetzt *definitiv* zum Frühstück essen dürfen, bereit bin. Aber ich bekomme einige runter und fühle mich wie eine Heldin.

Seit ich weiß, dass Dad sich laut Tante Joan für etwas einsetzt und nicht einfach nur spinnt, habe ich Lust, seinem Beispiel zu folgen.

Hmmm. Setze ich mich in der Schule für das ein, woran ich glaube? Aber wie könnte ich bloß mehr tun? Ich kann meine Freunde schließlich nicht *zwingen*, mit mir am Comic zu arbeiten.

Gibt es vielleicht eine andere Möglichkeit, meinen Standpunkt deutlich zu machen? *Hmmm.* Ich sollte meine Stärken ausspielen. Das Einzige, worin ich jemals wirklich gut war, ist Cartoons zeichnen. Das ist meine Superkraft.

Ich weiß noch, dass Tammy mir mal erzählt hat, wie wirkungsvoll satirische Karikaturen sind. Ich werde eine Karikatur zeichnen. Jawohl!

Ich setze mich an meinen Schreibtisch und denke eine Weile

nach. Dann zeichne ich einige Schafe, die als Schauspieler auf der Bühne stehen und jetzt, wo sie berühmt sind, ihre Herkunft und ihre Freunde vergessen. Oh ja. Haha. Ich glaube, damit habe ich meinen Standpunkt klargemacht.

Legt euch bloß nicht mit mir an, sonst habt ihr am Ende das Nachsehen! (So etwas würde ich niemals laut sagen.)

19. kapitel

Am Montag marschiere ich nach der Probe direkt zu Joshua und Tanya und zeige ihnen meine satirische Karikatur.

Joshua grinst breit, und Tanya lacht, dann boxt sie mich freundschaftlich gegen den Oberarm, aber trotzdem so fest, dass ich kurz strauchle.

»Okay, ich hab's kapiert«, sagt Joshua. »Wir versprechen, dass wir uns auf jeden Fall mehr Mühe geben werden mit dem –«

»Hey, jetzt geht das wieder los!« Natalie kommt wütend herangestapft.

»Beruhig dich, Süße«, sagt Tanya.

Nat ignoriert Tanya erst mal komplett und wendet sich an mich. »Na, hattest du denn auch ordentlich Spaß beim *Rollschuhlaufen*?«

»Ja, danke«, sage ich. *Das ist mein unveräußerliches Recht als freie Bürgerin.* Das sage ich allerdings nicht laut. (Ich kenne immer noch das Wort »unveräußerlich«. So etwas vergisst man nicht so schnell.)

»Nun, ich freue mich, dass du und Amelia ohne mich so viel Spaß miteinander habt!«, kreischt Natalie den Tränen nahe. Dann stürmt sie in Richtung Schulklo davon.

Ich bin entsetzt über ihren Gefühlsausbruch, aber ich folge Nat und sehe, dass sie nicht zu den Toiletten geht, sondern zu dem kleinen Schlupfwinkel unter der Treppe, wo ein paar Kleiderhaken in die Wand geschraubt sind. Sie setzt sich auf einen kleinen Tisch, der dort abgestellt wurde, und heult.

Ein Teil von mir fühlt sich schrecklich. Ich hasse es, wenn jemand weint, und natürlich fühle ich mich jetzt dafür verantwortlich. Aber ein anderer Teil von mir denkt: *Okay, ich werde versuchen, es wieder in Ordnung zu bringen.* Behutsam, aber entschlossen nähere ich mich Natalie.

»Hey … Nat?«, sage ich sanft.

Nat sieht auf und wischt sich mit einem Papiertaschentuch über die Augen. »Oh«, sagt sie. »Was willst *du* denn?«

Ich sage das Erste, was mir einfällt. »Dir mit einem aufblasbaren Hammer auf den Kopf hauen.«

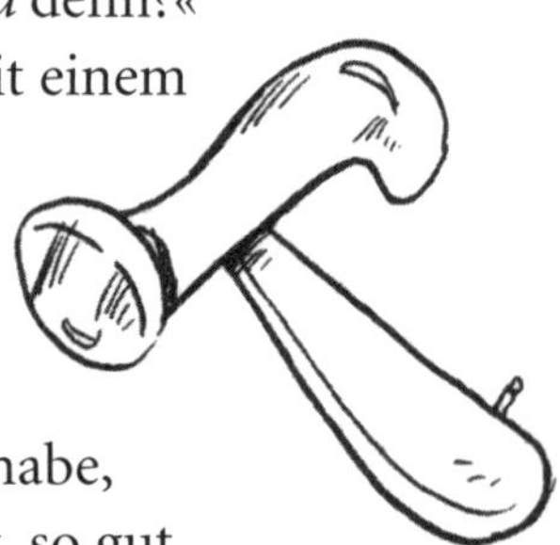

Natalie ist so überrascht, dass sie loslacht. Es klingt verrotzt, und sie holt ein neues Taschentuch raus, um sich zu schnäuzen. Nachdem ich sie jetzt zum Lachen gebracht habe, fällt es ihr viel schwerer, böse zu sein. So weit, so gut.

Sie lächelt mich traurig an und schnieft. »Du findest also, dass ich mich unvernünftig verhalten habe?«

»Zur Hölle, ja«, bestätige ich, was nicht sehr taktvoll ist, aber sie wieder zum Lachen bringt.

Ich sollte mich vermutlich lieber diplomatisch verhalten, aber stattdessen sage ich: »Du warst der absolute Albtraum.« Ich setze mich neben sie auf den Tisch. »Was ist los?«

»Oh, *Jess*!« Natalie schlingt die Arme um mich und weint an meiner Halsbeuge. »Es tut mir leid.« (Ich glaube zumindest, dass sie das gesagt hat. Ihre Stimme ist ganz hoch und sie schluchzt.) Ich erwidere die Umarmung und versuche Nat zu trösten, indem ich ihr ein bisschen die Schulter tätschle.

»Ist schon in Ordnung«, sage ich. »Alles wird gut.« Ich denke,

dass das die passenden Worte sind. Natürlich weiß ich noch nicht, worin ihr Problem besteht, aber was auch immer es ist, es wird wahrscheinlich wieder gut werden.

Wir bleiben eine Weile schweigend sitzen, während Natalie sich ausheult. Als die Tränen nachlassen, löst sie sich von mir und schnäuzt sich erneut. Mein Hals ist nass von Tränen und (vermutlich) Rotze, aber ich halte sie weiter im Arm, anstatt mir ein Taschentuch zu schnappen und mich trocken zu wischen. Seht ihr – höchst verständnisvoll!

»Ich weiß nicht, was passiert ist«, sagt Natalie, die sich mit einem weiteren Taschentuch die Augen abwischt. »Ich habe mich wegen des Musicals entsetzlich unter Druck gesetzt gefühlt. Ich wollte die Rolle so sehr und dann habe ich sie bekommen. Ich konnte es kaum fassen. Und ich dachte, es würde mich glücklich machen. Stattdessen habe ich angefangen, mir Sorgen zu machen, dass ich alles verpatzen würde. Ich habe das Ganze bis jetzt überhaupt nicht genießen können.«

»Du hättest etwas sagen sollen«, sage ich.

»Ich sagte doch, dass ich unter Druck stehe«, meint Nat.

»Aber du hättest mir mehr darüber erzählen sollen, wie du dich fühlst. Ich kenne das nur zu gut.«

»Echt jetzt?« Sie sieht mich fragend an.

»Ja«, beharre ich. »Okay, ich weiß, dass du lachen wirst oder behaupten, das wäre nicht das Gleiche, aber genauso fühle ich mich jedes Mal, wenn ich eine neue Idee für einen Comic habe.«

»Was?« Nat klingt ein wenig bissig. »Aber du liebst deinen Comic. Du redest über nichts anderes.«

»Stimmt«, sage ich. »Aber jedes Mal, wenn ich einen Cartoon gezeichnet habe, den die Leute mögen und für witzig und gut halten, denke ich: ›Oh nein, das war's. Mir wird nie wieder ein so komischer Cartoon gelingen. Meinen nächsten werden sie hassen.‹«

»Das ist doch verrückt«, sagt Nat.

»Ich weiß!«, stimme ich ihr zu. »Und dann sitze ich an meinem Schreibtisch und fühle mich furchtbar, weil andere Leute mich kritisieren werden. Und dann …« Ich mache eine dramatische Pause.

»Was dann?«, hakt Nat nach. Vielleicht war die Pause doch zu lang.

»Und dann denke ich: ›Hey, weißt du was? Es spielt keine Rolle. Ich tue es für *mich*. Ich werde einfach einen Cartoon zeichnen, den *ich* witzig finde‹, und das befreit mich auf magische Weise. Plötzlich habe ich wieder viele neue Ideen.«

»Ich kapiere nicht ganz, was das mit meinem Problem zu tun haben soll«, gesteht Nat.

»Du hast doch gedacht, es würde dir Spaß machen, in einem Musical zu sein, weil du gerne singst und tanzt und auf der Bühne stehst, nicht wahr? Also tu es für dich selbst. Weil *du* es liebst. Es spielt keine Rolle, was andere darüber denken. Und du weißt ja schon, dass du gut bist, denn du hast die Rolle bekommen. Genieße es einfach.«

»Ja«, meint Nat lächelnd, während sie sich das durch den Kopf gehen lässt. »Das ist tatsächlich ein guter Rat. Obwohl es leichter gesagt als getan ist.«

»Das gilt für alles, das es wert ist, getan zu werden«, erwidere ich weise. (Entweder habe ich mir das selbst ausgedacht, oder ich habe gestern gehört, wie Tante Joan es zu Ryan gesagt hat, als er sich die Zähne putzen sollte.)

»Danke«, sagt Nat.

»Außerdem haben Amelia und ich – vor allem Amelia – uns mächtig ins Zeug gelegt, damit ihr eure supercoole Megan-Flyer-Show aufführen könnt, also wird es wirklich Spaß machen.«

»Das ist auch so etwas, das mich traurig gemacht und verunsichert hat«, sagt Natalie.

»Was denn?«

»Dass du und Amelia so viel zusammen unternehmt«, gibt sie zu.

»Siehst du, das verstehe ich nun überhaupt nicht«, sage ich. »Ich dachte, du *wolltest*, dass wir Freundinnen werden. Du hast ständig versucht, uns dazu zu bringen, mehr miteinander zu unternehmen.«

»Ja, aber nicht *ohne* mich.«

»Ist dir klar, zu was für einer Heuchlerin dich das macht?«, frage ich.

»Ja«, gesteht Natalie schuldbewusst. »Mir ist klar, dass wir uns dir gegenüber viel schlimmer verhalten haben, aber du weißt, wie leid mir das tut. Wenn ich könnte, würde ich es ungeschehen machen.«

»Es gibt wirklich nichts, weswegen du eifersüchtig sein müsstest«, beruhige ich sie. »Wir verstehen uns nur deswegen so gut, weil wir beide Harriet VanDerk nicht ausstehen können.« Ich berichte Nat alles, was Harriet gemacht hat, wie unverschämt und herrisch sie sich aufgeführt hat und wie sie den Finaltanz sabotieren wollte.

»Es tut mir so leid«, sagt Nat. »Ich habe mich idiotisch und überempfindlich benommen. Tut mir leid, dass ich so übertrieben habe, Jess. Ach, es tut so gut, wieder mit dir zu reden.«

»Finde ich auch«, sage ich. »Es gibt eine Menge Sachen, die ich dir unbedingt erzählen wollte.« Und dann berichte ich Nat, dass mein Dad auf einem Baum lebt, um den Wald und die Vögel zu retten.

»Ich kann mir nicht vorstellen, dass dein Dad so etwas macht«, meint sie, als ich fertig bin.

»Wem sagst du das«, bemerke ich. »Er hat sich sogar einen Bart stehen lassen.«

Nat lacht schallend. »Dein Dad mit einem Bart! Das geht gar nicht!«

»Ich weiß!«, stimme ich ihr zu. »Es ist aber nun mal so.« Ich frage mich, wie dicht sein Bart wohl inzwischen geworden ist. Vielleicht sollte ich Dad endlich wieder besuchen gehen, bevor er sich komplett in einen Waldschrat verwandelt.

»Es tut mir leid, dass ich nicht für dich da gewesen bin, Jess. Ich verspreche, dass ich ab jetzt eine viel bessere beste Freundin sein werde.«

»Danke«, sage ich. Wir halten unsere Anhänger aneinander, sodass man darauf *Best Friends Forever* lesen kann. Es ist wie ein *High five* in Schmuckform. Dann lachen wir beide ein wenig darüber, wie albern das ist.

»Also«, sage ich. »Da du jetzt wieder fröhlich bist und nicht mehr weinen musst – möchtest du eine Karikatur von dir als Schaf-Diva sehen?«

20. kapitel

Am Dienstag gehen Ryan, Lady und ich wieder zu dem Baum, auf dem Dad derzeit wohnt.

Wir kommen an den Zelten und Demonstranten vorbei, an den Baggern, dem hässlichen braunen Einschnitt in der grünen Landschaft, den Bauarbeitern und der Polizei (um die wir auch diesmal wieder einen großen Bogen machen).

»Dad! Daaaaaad! Bist du immer noch da oben? Deine Kinder sind wieder da!«, ruft Ryan, als wir uns Dads Baum nähern. Lady unterstützt ihn mit Gebell.

»Kinder? Ryan! Jessica?«, ruft Dad aufgeregt zurück. Wir sehen am Baum hoch und erblicken das vertraute, aber doch sehr viel haarigere Gesicht, das über das Geländer des Baumhauses lugt.

»Hi!« Ich winke.

»Daddy! Jetzt hast du ja einen *richtigen* Bart!«, ruft Ryan.

»Ja, er sprießt ganz schön!«, bekräftigt Dad.

»Wie läuft es so?«, schreie ich nach oben. »Macht es noch Spaß?«

»Das würde ich nicht direkt sagen!«, ruft Dad zurück. »Aber es ist auf jeden Fall immer noch wichtig. Und aus diesem Grund mache ich es!«

»Dann kommst du also immer noch nicht runter?«, rufe ich.

»Noch nicht!«, kommt die Antwort.

»Tammy ist runtergekommen«, rufe ich. »Sie war da und hat in unserem *richtigen* Haus opulent gespeist!«

»Ich weiß. Wer hätte gedacht, dass ich einen besseren Umweltschützer abgebe als Tammy!« Dad sagt das, als hätte er gerade einen Wettbewerb im Rasenmähen oder so gewonnen.

»Du fehlst uns!«, ruft Ryan. »Es ist ganz schön schwer, einen Vater zu haben, der gleichzeitig ein Held ist.« Ich meine, Dads bärtigen Freund Jay darüber lachen zu hören, kann ihn aber nicht sehen.

»Tante Joan ist zu Besuch!«, erzähle ich Dad.

»Ach ja?«

»Sie findet, das wäre das Beste, was du je gemacht hast. Sie ist mit uns einkaufen gegangen und hat leckere Sachen besorgt.«

»Das ist prima!«, erwidert Dad.

»Ich wünschte, du könntest nach Hause kommen«, sage ich. »Mum regt sich darüber auf, dass wir nicht nach Blackpool fahren können, weil du deinen ganzen Urlaub verbrauchst.«

»Macht euch deswegen mal keine Gedanken!«, sagt Dad. Seine Stimme klingt mit einem Mal, als käme sie aus weiter Ferne, und hört sich gar nicht mehr nach dem alten verantwortungsbewussten Dad an.

»Äh ...«, fange ich an.

»Manchmal fügt sich alles auf wundersame Weise wie von selbst!« Jetzt ist auch Jays lächelndes Bartgesicht zwischen den Zweigen zu sehen.

»Aber wann kommst du denn nun heim?«, frage ich Dad.

»Wir müssen nur noch hier oben bleiben, bis unsere Klage verhandelt wurde«, antwortet Jay.

»Vorausgesetzt, wir gewinnen den Prozess«, sagt Dad.

»Oh, das werden wir«, sagt Jay zuversichtlich.

Aber was passiert, wenn nicht? Werden sie in Berufung gehen? Wird Dad für unbestimmte Zeit auf dem Baum leben müssen? So etwas könnte sich ewig hinziehen.

Ich dachte, es wäre schön, Dads vertrautes Gesicht zu sehen und seine beruhigende Stimme zu hören. Aber sein Gesicht hat sich verändert und seine Stimme sagt ungewohnt unverantwortliches Zeug. *Hmmm.*

Als Ryan, Lady und ich wieder zu Hause ankommen, sehen wir, dass die VanDerks mit Mum über die Hecke im Vorgarten hinweg quatschen. *Gleich werden wir was erleben …*

»Hi, Mum«, sage ich. »Hi«, murmle ich den VanDerks undeutlich zu.

»Hi, Mummy! Lady hat Durst. Ich nehme sie mit rein und gebe ihr etwas Wasser«, sagt Ryan und latscht schnurstracks vorbei.

»Oh, hallo, *Jessica.*« Mr VanDerk grinst höhnisch. »Wie laufen die Vorbereitungen für das Musical? Ich habe die Sache mit dem Schlusssong gehört.«

»Wir haben in letzter Zeit so einige *interessante* Dinge zu Ohren bekommen, nicht wahr, Schatz?«, sagt Mrs VanDerk.

»Oh ja«, gluckst Mr VanDerk. »Wir haben auch einige wirklich *hochinteressante* Dinge über die Protestaktion gegen die Umgehungsstraße gehört.«

Oh-oh. Sie wissen Bescheid. Sie wissen, dass Dad auf einem Baum lebt. Damit ist Mums schlimmster Albtraum wahr geworden. Und sie sind wirklich verärgert über das, was Harriet ihnen erzählt hat, was auch immer es war. Darum werden sie es an Dad auslassen. (Also ehrlich, manchmal kann ich kaum fassen, dass Erwachsene *dermaßen* unreif sein können.)

»Es sieht so aus, als würde sie gebaut werden«, trällert Mrs VanDerk entzückt. »Ich meine die Umgehungsstraße.«

»Ja, ich kann mir nicht vorstellen, dass das Verfahren zugunsten dieser *Spinner* ausgehen wird«, stimmt Mr VanDerk ihr zu und gestattet sich ein Kichern.

»Soll keine Beleidigung sein«, fügt Mrs VanDerk, an Mum gerichtet, hastig hinzu und die beiden glucksen erneut.

»Ich habe keine Ahnung, wovon Sie reden«, behauptet Mum.

»Wir wissen, dass Bert auf einem Baum ist und demonstriert«, sagt Mrs VanDerk. »Es stand in der Zeitung.«

»Die Katze ist aus dem Sack!«, röchelt Mr VanDerk.

»Machen Sie sich keine Sorgen, er wird sicher bald wieder zurückkommen«, sagt Mrs VanDerk gespielt mitfühlend.

»Und wenn Sie Glück haben, kommen Sie mit einer *kleinen* Geldstrafe davon«, ergänzt Mr VanDerk. »Der gute alte Bert muss sicher nicht ins Gefängnis.«

»Er verstößt nicht gegen das Gesetz«, sagt Mum.

»Genau, das müssen Sie sich immer wieder sagen«, erwidert Mrs VanDerk.

»Armer alter Bert. Er war dem Stress wohl einfach nicht mehr gewachsen, was?«, fährt Mr VanDerk übers ganze Gesicht strahlend fort. »In der heutigen Welt muss man sich gewaltig am Riemen reißen. Das ist nun mal die harte Realität. Es tut mir allerdings aufrichtig leid, dass er durchgedreht ist.« Er lächelt immer noch vergnügt und sieht nicht die Spur aus, als ob es ihm leidtäte.

»Ich wüsste nicht, was daran verrückt sein soll, wenn man versucht, die Umwelt zu schützen«, sagt Mum abwehrend.

»Nein, natürlich ist es *wunderbar*, wenn man Ideale hat«, sagt Mrs VanDerk mit geheuchelter Zustimmung.

»Aber am Ende gewinnt immer der Fortschritt«, behauptet Mr VanDerk.

»Ich würde es nicht gerade als *Fortschritt* bezeichnen, wenn der Planet stirbt, weil es keine Bäume mehr gibt«, hält Mum dagegen.

»Ist ja klar, dass Sie ihn verteidigen müssen«, sagt Mrs VanDerk in einem Tonfall, als würde sie mit einer Dreijährigen reden, die ihre Kuscheldecke nicht hergeben will.

»Wie bitte?«, sagt Mum.

»Immerhin wissen wir jetzt, von wem Ihre Tammy es hat!«, meint Mrs VanDerk mit einfältigem Lächeln, woraufhin beide gackern.

»Ich muss sagen, dass ich das nicht von ihm gedacht hätte«, sagt Mr VanDerk.

»Ich hätte nicht erwartet, dass er so unvernünftig sein könnte, in seinem Alter einfach auf einen Baum zu steigen!«, meint Mrs VanDerk lachend. »Tja, es muss wohl auch solche Hippies geben.«

»Mein Mann ist *kein Hippie*«, zischt Mum. »Er übt sein Recht aus, friedlich für etwas zu demonstrieren, an das er glaubt. Er ist ein Beispiel für gelebte moderne Demokratie. Ich finde es großartig, dass er für unsere Kinder so ein tolles Vorbild ist und ihnen zeigt, wie wichtig es ist, an andere Werte zu glauben als Geld oder morgens ultimative zehn Minuten länger schlafen zu können!«

Mit diesen Worten nimmt sie mich an der Hand, dreht sich auf der Stelle um, zieht mich mit sich ins Haus und knallt die Tür hinter sich zu.

»Netter Plausch mit den Nachbarn?« Joan grinst, als wir in die Küche stürmen.

»Diese Leute sind einfach schrecklich«, murmelt Mum und schaltet den Wasserkocher an.

»Toll, wie du dich für Dad eingesetzt hast!«, sage ich beeindruckt. »Hast du deine Meinung darüber geändert, dass er da oben bleibt?«

»Ich habe ihn geheiratet, um in guten wie in schlechten Zeiten für ihn da zu sein«, sagt Mum. »Und das beinhaltet auch Zeiten, in denen er meint, auf einem Baum leben zu müssen.«

Sie nippt an ihrem Tee, dann reicht sie die Tasse an Joan weiter. »Er schmeckt einfach nicht so, wie Bert ihn macht.«

»Ja, der ist zu schwach«, meint auch Joan.

Wir sitzen zu dritt am Küchentisch und trinken. (Ich genehmige mir eine Cream Soda. Wie toll, dass ich Limo mit Vanillegeschmack trinken darf!)

Mum kommt nicht über den Spott der VanDerks hinweg, auch wenn sie behauptet, dass es ihr egal ist, was sie denken.

»Ich hoffe, dass Bert das Verfahren gewinnt, und sei es nur, um sie zu ärgern«, sagt sie schließlich.

»Tolle Einstellung«, sage ich mit leisem Sarkasmus.

»Es sieht gar nicht so schlecht aus«, sagt Joan, die die Lokalzeitung vor sich liegen hat. »Hier steht, dass über die Klage in drei Tagen entschieden wird. Bert muss also nur noch drei Tagen da oben ausharren und dann wird hoffentlich alles vorbei sein.«

»*Hmmm*«, sagt Mum. Sie nimmt einen Schluck Tee und verzieht wieder das Gesicht.

»Wir könnten auch etwas dazu beitragen«, sagt Joan.

»Was denn?«, fragt Mum.

»Alles Mögliche«, antwortet Tante Joan grinsend.

21. kapitel

»Ich fasse es nicht, dass ich mich von dir dazu habe überreden lassen«, sagt Mum zu Tante Joan.

Es hat sich herausgestellt, dass »alles Mögliche« bedeutet, dass wir der Lokalzeitung ein Interview geben, um der Öffentlichkeit »das menschliche Gesicht« der Protestaktion zu zeigen.

Tante Joan, die der Ansicht ist, dass man die Dinge in die Hand nehmen soll, hat vorgeschlagen, dass die ganze Familie sich ausfragen und ablichten lässt! Das ist ganz schön nervenaufreibend.

Aber das ist noch nicht alles. Sie hat sich außerdem mit Horace King in Verbindung gesetzt, und er hat sich bereit erklärt, den Demonstranten seine Unterstützung auszusprechen.

Innerhalb von vierundzwanzig Stunden hat Joan einen kleinen Mediensturm entfacht. Zwar nur lokal begrenzt, aber immerhin!

Also sitzen wir am Mittwoch nach der Schule (und dem Schachclub) alle auf unserem Sofa und lächeln, während ein Fremder uns fotografiert. (Ryan und ich wurden sogar gebeten, unsere Schuluniformen anzuziehen – damit man sieht, dass wir von hier sind.)

Morgen wird dann alles in der Zeitung erscheinen, gerade rechtzeitig für die Verhandlung.

Ryan durfte seinen Astronautenhelm nicht aufsetzen, denn es

hieß, das würde von der Sache ablenken. Das bedeutete im Klartext, dass sie finden, es würde bescheuert aussehen. Aber das sind nur Haarspaltereien.

Ryan und ich wurden angewiesen, uns von unserer besten Seite zu zeigen und auf jede Frage eine positive Antwort zu geben. Das haben wir bis jetzt einigermaßen hinbekommen, aber die Reporterin hat vor allem mit Mum geredet. Dann wendet sie sich an uns.

»Und warum liegt euch beiden die Sache am Herzen?«, fragt sie.

Ich habe eine Antwort parat, denn Tante Joan hat uns gut vorbereitet. »Weil wir in unserer Gegend spielen und mit unserem Hund spazieren gehen wollen. Es gibt jetzt so wenige *sichere* Orte dafür.«

Die Reporterin notiert sich das extra. Tante Joan hat mir eingeschärft, dass »sicher« ein Schlüsselwort ist. Viele der Leser sind Eltern, die sich um die Sicherheit ihrer Kinder sorgen, hat sie erklärt.

»Bist du stolz darauf, dass dein Dad sich für den Schutz des Waldes einsetzt?«, fragt die Reporterin Ryan.

»Daddy ist ein Held«, antwortet Ryan schlicht.

»Großartig. Ich glaube, wir haben alles, was wir brauchen.«

Nachdem die Zeitungsleute weg sind, schalten wir den Fernseher an und sehen Horace King in den Regionalnachrichten. Er redet am Ort der Protestaktion mit den Reportern.

»Wow, du hast es echt drauf«, sage ich zu Tante Joan.

»Tja, damit verdiene ich meinen Lebensunterhalt«, erwidert sie. »Gewissermaßen. Eine Orchestertournee ankündigen, bei der Rettung des Waldes helfen – das mache ich doch mit links.«

Am nächsten Tag macht die Protestaktion zur Rettung des Waldes Schlagzeilen. Sie hat es auf die Titelseite unserer Lokalzeitung geschafft. Ein Foto zeigt das Baumhaus, eins die herumstehenden Bagger und eins Horace King mit der Bildunterschrift: **Auch Prominente setzen sich für die Rettung des Deanbury Forest ein.**

Darunter steht in kleinerer Schrift, dass man auf Seite 2/4 ein Interview mit der Familie einer der Demonstranten findet. Eifrig blättere ich um.

Die Überschrift lautet: **Ortsansässiger Vater sagt Nein zur Zerstörung des Waldes.** Und darunter: **Daddy ist ein Held**, danach ein kurzes Zitat: **Die Demonstranten sind der Ansicht, dass die Straße nicht gebraucht wird, aber umso mehr die Bäume, die dafür gefällt werden müssten.**

Ein Foto von uns ist abgedruckt, außerdem eins, das Mum und Dad bei ihrer Hochzeit zeigt (die Reporterin wollte einfach nur ein normales Foto von Dad, aber Mum sagte, das sei das einzige Foto, auf dem er gut aussähe, und gab ihr einen Abzug davon).

Es ist total merkwürdig, die Zeitung aufzuschlagen und von seiner eigenen Familie angestarrt zu werden. Aber zum Glück sieht das Foto gar nicht mal *so schlimm* aus.

Tja, jetzt werden meine Mitschüler wohl mitbekommen, was los ist. *Hmmm.*

Niemand hat sich über mich lustig gemacht. Ich habe den ganzen Tag überstanden, ohne dass jemand meinen Dad als Fall für die Klapse bezeichnet hätte. Sogar ganz im Gegenteil. Viele haben im Spaß gemeint, dass ich jetzt berühmt sei.

Tanya Harris rügte mich sogar, weil ich die Gelegenheit nicht genutzt habe, um Werbung für unseren Comic zu machen. Sie sagte, ich sollte immer ans Geschäft denken, so etwas wie Freizeit gäbe es für mich nicht. Aber um ehrlich zu sein, glaube ich nicht, dass die Reporterin das in dem Artikel erwähnt hätte, selbst wenn es mir rechtzeitig eingefallen wäre. Sie wollten ja nicht mal, dass Ryan seinen Astronautenhelm aufbehält.

Einige Lehrer haben mir dazu gratuliert, dass ich so einen engagierten Dad habe. Mrs Cooper sagte sogar: »Der Deanbury Forest ist so schön und einige der Bäume sind so alt. Was dein Vater macht, ist wunderbar. Ich hoffe sehr, dass die gute Sache siegt.«

Ich kann kaum fassen, dass ich es bis zu den Proben geschafft habe, ohne verarscht zu werden. Das ist toll.

Amelia und ich haben angefangen, allen den Megan-Flyer-Tanz beizubringen. Das fühlt sich merkwürdig an, macht aber Spaß. Da es ums große Finale geht, müssen viele den Tanz beherrschen.

Natalie bekommt die Schritte wirklich toll hin (aber sie kannte sie ja schon), was sehr hilfreich ist, um sie den anderen zu zeigen. Und alle sind mit Feuereifer bei der Sache.

Na ja, fast alle. Ich habe gehört, wie Harriet ein paar abwertende Bemerkungen genuschelt hat. Aber wir tun einfach so, als hätten wir sie nicht gehört.

Wir halten die Musik an. »Ihr macht das toll«, sagt Amelia zufrieden. »Noch mal von vorne.«

»Ja klar«, murmelt Harriet. »Echt genial. Ich würde auch versuchen, meine Probleme wegzutanzen, wenn mein Dad auf einem Baum leben würde.«

Heeeeyyy, denke ich verärgert. Bemerkungen über unsere Eltern sind nicht zulässig. Das hatten wir vereinbart. Aber was soll's, wenn sie die Einzige ist, die darauf herumreitet. Amelia und Nat werfen mir einen fragenden Blick zu und ich schüttle den Kopf. Das ist es nicht wert.

»Macht schneller, Leute, damit wir endlich zu meinem Part kommen«, dröhnt Tanya. Dann gackert sie wieder wie eine fiese Hexe.

Tanya hat sich mit Händen und Füßen dagegen gewehrt, zu einem Popsong zu tanzen. Also haben wir in der Mitte der Nummer extra für sie etwas anderes eingebaut. Sie betritt die

Bühne, und die Tänzer teilen sich in zwei Gruppen und ducken sich, während sie hindurchschreitet. Dann zeigt sie ihren eigenen kleinen Böse-Hexen-Tanz, bevor alle wieder zusammen die fröhliche Nummer weitertanzen. Das ist ein Geniestreich, den ich und Amelia uns haben einfallen lassen.

Die Musik beginnt und wir gehen alles noch mal durch. Von Mal zu Mal werden wir besser, finde ich. Während wir tanzen, nähert sich Mrs Cooper und stellt sich hinter Harriet, um uns zuzusehen.

Als wir die Musik wieder stoppen, sagt Harriet (die ganz offensichtlich nicht bemerkt hat, dass Mrs Cooper hinter ihr steht) diesmal lauter: »Das ist das Bescheuertste, was ich je gesehen habe. Ihr seht alle wie Vollidioten aus. Vor allem Jessica.«

»Harriet!«, ruft Mrs Cooper aus. »Wie kannst du so etwas Böses sagen! Na herzlichen Dank auch, solche Schikanen und Störungen können wir hier nicht dulden. Bitte geh in den Flur und warte dort auf mich.«

Harriet ist fassungslos. Ich bin sicher, dass ich noch nie erleben durfte, wie sie von einem Lehrer angepflaumt wurde.

»Jessica«, wendet sich Mrs Cooper an mich. »Weißt du, was das eben sollte? Vielleicht gehst du besser auch in den Flur.«

Na *toll.* Ich hoffe, dass das jetzt nicht groß aufgebauscht wird. Ich habe wirklich alles in meiner Macht Stehende getan, um den Frieden zu wahren. Es ist unfair, wenn es nun so aussieht, als wäre ich Harriets Erzfeindin.

»Also, *was* ist hier los?«, will Mrs Cooper draußen im Flur von uns beiden wissen, während drinnen die Probe ohne uns weiterläuft.

»Jessica war sehr unhöflich zu mir und hat sich bei der Zusammenarbeit quergelegt«, behauptet Harriet.

Was? »Das ist nicht wahr!«, entrüste ich mich.

»Und Amelia auch«, fügt Harriet schamlos hinzu.

»Bitte wartet hier.« Mrs Cooper geht in die Aula zurück und erscheint kurz darauf mit Amelia wieder. Die Musik beginnt erneut.

Wirklich der Wahnsinn, wie viel Aufhebens unsere Schule ausgerechnet jetzt um das Thema Mobbing macht, wo wir damit beschäftigt sind, einen Tanz einzustudieren. Wer hat sich dafür interessiert, als ich letztes Jahr *wirklich* gemobbt wurde, hä? Und warum in unserer Freizeit statt im Unterricht?

»Sie waren beide vom ersten Tag an total gemein zu mir«, sagt Harriet. »Sie haben sich gegen mich verbündet und mir das Leben zur Hölle gemacht.«

»*Wie bitte?*«, kreischt Amelia. »Es war doch genau umgekehrt. Du hast *uns* ständig die Tour vermasselt.«

»Als sie sich mit ihrem Tanz durchgesetzt hatten, haben sie sich über mich lustig gemacht und sich abgeklatscht«, fährt Harriet fort.

Okay, das haben wir gemacht, aber nicht so, wie sie es darstellt. Oder? Ich hasse es, andere runterzumachen. Harriet verdreht die Tatsachen und stellt sich selbst als Opfer hin. Dabei hat sie sich ständig mit uns angelegt und die Sache mit der Farbe ausgeheckt. Und zu mir hat sie gesagt, ich wäre dumm.

»Mrs Cooper, Harriet lügt«, sagt Amelia ruhig, obwohl sie sichtlich ungehalten ist, denn ihr Gesicht ist leicht gerötet. »Sie dachte, Sie hätten sie zu unserer Chefin erklärt, und versuchte ständig, uns Befehle zu erteilen und uns alles anders machen zu lassen, als Sie es uns aufgetragen hatten.«

»Aber ich bin die *logistische* Chefin«, protestiert Harriet und verrät sich damit.

»*Logistische Chefin*?«, wundert sich Mrs Cooper.

Also ehrlich, Mrs Cooper hätte dem von vornherein einen Riegel vorschieben können, als Harriet behauptet hat, die Chefbühnenbildnerin zu sein. Da hätte sie ihr nur sagen müssen, dass es nicht stimmt. Da sieht man, wo Höflichkeit einen hinbringt.

»Und Harriet war besonders fies zu Jessica und hat sie auf sehr gemeine Art als dumm bezeichnet.« Amelia setzt anscheinend alles auf eine Karte.

»Stimmt das, Harriet? Hast du Jessica als dumm bezeichnet?«, fragt Mrs Cooper.

Ohne auf die Frage weiter einzugehen, sagt Harriet: »Da gibt es noch etwas, das ich wirklich nicht kapiere. Wieso habe ich nur so langweilige, unwichtige Aufgaben bekommen? Warum wurde Jessica derart bevorzugt? Warum durfte sie die ganzen Bilder malen?«

»Oh mein Gott, du bist eifersüchtig!«, entfährt es Amelia. »Ist es das, worum es die ganze Zeit ging?«

»Ich bin klüger als sie«, fährt Harriet fort. »Ich bin Jessica haushoch überlegen. Ist das so was wie eine Wohltätigkeitsveranstaltung, oder wieso wird Intelligenz an dieser Schule nicht belohnt?«

»*Harriet VanDerk*, was ist das denn für eine höchst *unkameradschaftliche* Einstellung?«, sagt Mrs Cooper barsch. Plötzlich sieht sie stinkwütend aus.

Harriet, die es nicht gewohnt ist, von Lehrern geschimpft zu werden, wirkt entsetzt.

»Es ist mir egal, wie schlau du in deinen anderen Fächern bist, in meinem Kunstunterricht und beim Bühnenbild wirst du nach deinen künstlerischen Fähigkeiten beurteilt. Du kannst dir mit guten Noten in anderen Fächern hier keine Sonderrechte erkaufen. So funktioniert das nicht.«

»Ich verstehe nicht, wieso nicht«, schnaubt Harriet.

»Sag mal, hörst du mir *überhaupt* zu, Harriet?«, fragt Mrs Cooper.

»So war sie die ganze Zeit schon, Mrs Cooper«, sagt Amelia. »Sie hält sich für die Beste und nimmt überhaupt keine Kritik an.«

»Ja, die geht bei ihr zum einen Ohr rein und zum anderen wieder raus«, ergänze ich.

Ihre Eltern sind genauso. Sie hören nur, was sie hören wollen. Darum kann man mit einem VanDerk nie einen Streit gewinnen, weil sie es gar nicht merken, wenn sie verloren haben.

»In Ordnung, danke, Mädchen.« Mrs Cooper möchte offensichtlich nicht, dass wir weiter auf Harriet herumhacken. »Deine Einstellung gefällt mir überhaupt nicht, Harriet. Wir werden wohl ausführlich darüber reden müssen. In meinem Büro. Aber nur um eins klarzustellen, Jessica durfte die Bilder nicht *alle* allein malen«, sagt Mrs Cooper. »Viele haben mitgeholfen, auch du.«

»Und Jessica kann wirklich sehr gut zeichnen«, sagt Amelia.

»Ich kann auch sehr gut zeichnen«, sagt Harriet.

»Jessica kann es besser«, behauptet Amelia.

Harriet will widersprechen, doch Mrs Cooper geht dazwischen. »Du musst nicht in *allem* die Beste sein, Harriet«, sagt sie besänftigend.

»Doch … ich … *muss*!«, entgegnet Harriet verwirrt. »Und das *bin* ich auch.«

»Okay«, sagt Mrs Cooper, die gegen dieselbe Wand rennt, gegen die Amelia und ich schon die ganze Zeit gelaufen sind. »Ihr zwei geht zurück in die Probe«, sagt sie zu uns. »Harriet, du kommst mit in mein Büro und wir unterhalten uns.«

Oh ja, ich weiß, wie die Unterhaltung laufen wird, denke ich, als wir in die Aula zurückgehen. Mrs Cooper tut mir fast ein bisschen leid. *Viel Glück.*

22. kapitel

Es ist ein merkwürdiges Gefühl, als wir am Verhandlungstag das Gerichtsgebäude betreten. (Wir werden das Ganze von den Zuschauerrängen aus verfolgen.) Ich schätze, ich habe ein ehrwürdiges, altes Gebäude erwartet, mit großen, einschüchternden Ornamenten, voller verstaubter Männer mit Perücken (wie im Fernsehen).

Aber unser Gerichtsgebäude ist überraschend modern. Keine alten Holzböden, sondern überall funktionelles, billiges Laminat. Alles ist in grelles Neonlicht getaucht und es riecht wie in einem Sportzentrum. Es würde mich nicht überraschen, wenn der Richter verkünden würde, dass das Badmintonfeld jetzt für uns frei geworden ist.

Doch der Richter tut nichts dergleichen. Er hat bis jetzt kaum etwas gesagt. (Immerhin trägt er wenigstens eine Perücke.) Alle anderen brummen immer noch herum. Ich sage *brummen*, denn es ist schwer zu verstehen, was im Einzelnen gesagt wird.

So ähnlich war es, als uns Tante Joan in ein Shakespeare-Stück mitgenommen hat. Es hätte genauso gut auf Französisch sein können, aber nach einer Weile war ich drin, und es war mir möglich, mehr zu verstehen als hie und da ein paar Satzfetzen.

Joshua, Natalie und Amelia sind mit meiner Familie mitgekommen. Wir wollen bei der Urteilsverkündung anwesend sein. Natalie ist dabei, um mich zu unterstützen. Joshua behauptet das auch, aber ich glaube, er wollte einfach mal ein Gerichtsgebäude von innen sehen. Immerhin sorgt er dafür, dass Ryan sich nicht langweilt, indem er mit ihm Daumenkampf spielt.

Die Verhandlung zieht sich gewaltig in die Länge, und es ist schwer, dem Geschehen zu folgen. Es kommt mir vor wie eine langweilige Seifenoper, bei der die Zuschauer reihenweise einschlafen müssten, wenn nicht hin und wieder jemand hysterisch herumkreischen würde.

Wenn ich es richtig mitbekomme, steht auf der einen Seite eine Umweltschutzvereinigung, *Green Fortis* (*Fortis* ist lateinisch und bedeutet *Krieger*, behauptet zumindest Tante Joan). *Green Fortis* hat einen Anwalt, der ziemlich viel redet. Und dann gibt es noch einen Anwalt der Gegenseite, der ebenfalls eine Menge zu erzählen weiß. Der Anwalt von *Green Fortis* sagt, dass er neues Beweismaterial vorlegen möchte, woraufhin jemand dem Richter einen Ordner reicht.

Nach der Lektüre der Unterlagen sagt der Richter: »Der Bau der Umgehungsstraße muss gestoppt werden. Das Gelände beheimatet eine gefährdete Tierart. Hiermit erkenne ich den Ein-

spruch des Klägers an.« Und er klopft mit seinem kleinen Hammer auf den Tisch.

Wartet mal, was war das eben? Das ist doch gut, *oder*? Das ist das Urteil, das wir uns gewünscht haben, nicht wahr? Besorgt luge ich zu Joan und Mum rüber.

»Ja!«, kreischt Tante Joan.

»Buh!«, ruft hinter uns ein Mann mittleren Alters.

Jetzt gleicht es eher einer schlechten Seifenoper oder einem Kasperltheater.

»Kommt mit«, sagt Mum und erhebt sich eilig. »Das müssen wir sofort eurem Dad erzählen!« Sie nimmt Ryan an der Hand und eilt so schnell aus dem Gericht, dass Amelia, Natalie, Joshua und ich kaum mit ihr Schritt halten können.

Auf der Treppe vor dem Eingang kommen wir an einigen Presseleuten vorbei, die die Neuigkeiten gerade erfahren. Ich kann aber nicht verstehen, was gesagt wird.

Um ehrlich zu sein, kapiere ich überhaupt nicht, was los ist. Aber Tante Joan erklärt es mir im Weitergehen.

Die Demonstranten auf den Bäumen hatten die Aufgabe, Zeit zu schinden, damit die Naturschützer von *Green Fortis* untersuchen konnten, ob es im Wald eine seltene, gesetzlich geschützte Tierart gab.

Es war reine Spekulation, aber schließlich entdeckten sie ein großes Kammmolch-Brutgebiet. Da es sich beim Kammmolch um eine geschützte Tierart handelt, kommen laut Tante Joan gewisse Gesetze zur Anwendung, und darum hat der Richter entschieden, dass die Umgehungsstraße dort nicht gebaut werden kann.

Als wir bei den besetzten Bäumen ankommen, sehen wir, dass uns die Presseleute zuvorgekommen sind. Die Demonstranten sind alle schon wieder auf dem Boden und fangen an, ihren Sieg zu feiern. Wir machen Dad in der Menge aus und laufen zu ihm. Er sieht uns und winkt, wirkt dabei aber etwas unsicher auf den Beinen. Ich schätze, er hat sich zu lange nicht ordentlich bewegen können.

Mum läuft zu Dad und umarmt ihn überschwänglich. Kameras blitzen. Dann lässt sie ihn sofort wieder los und macht einen raschen Schritt rückwärts, und ich bemerke wieso: Dad riecht wirklich ganz schön streng.

»Daddy ist ein Held«, verkündet Ryan stolz.

»Ein haariger, stinkender Held«, ergänze ich.

»Das ist aber nicht sehr nett von dir, Jessica«, sagt Mum, obwohl ich ziemlich sicher bin, dass ihr von dem Mief die Augen tränen.

»Toll, dich zu sehen, Dad«, sage ich. »Ich würde dich ja umarmen, aber, du weißt ja …« Ich lasse es unausgesprochen.

»Das ist schon in Ordnung!« Dad strahlt. »Deine Mutter hat sich bereits als Versuchskaninchen geopfert. Ich muss dringend baden und frische Sachen anziehen.«

»Glückwunsch, Bert!« Tante Joan schüttelt Dad trotz seines grässlichen Gestanks fest die Hand. »Ich war noch nie so glücklich darüber, dass du meine Schwester geheiratet hast.«

»Auch nicht, als die Kinder geboren wurden?«, fragt Dad.

Bevor Joan erklären kann, wieso ihr Bäume anscheinend mehr bedeuten als wir, kommt Tammy angerannt. »Da seid ihr ja!«, ruft sie. »Vergesst nicht, mir auch zu gratulieren.« Tammy stinkt überhaupt nicht.

»Ach ja«, sage ich. »Was hattest du noch mal zu tun? Botengänge erledigen und dich mit Nudelauflauf vollstopfen?«

Tammy zieht eine sarkastische Grimasse, dann versucht sie wieder, wichtig auszuschauen.

»Die Sache ist die«, sagt sie großspurig, »wenn man wie Dad und ich eine Weile auf einem Baum gelebt hat, dann verändert man sich.«

Ich hüstle und sage dabei »Unsinn« und Tammy runzelt die Stirn. Witzig, dass sie jetzt unbedingt beweisen will, dass sie und Dad zusammengehören.

Einige Reporter möchten Fotos von unserer ganzen Familie schießen, bevor Dad sich waschen und umziehen darf, also versuchen wir zu lächeln, während unsere Nasen dem schlimmsten Gestank aller Zeiten ausgesetzt sind. Womöglich ziehen wir auf dem Foto alle eine Grimasse, aber was soll man machen?

Ein paar Meter von uns entfernt erkenne ich Jay, der mit einigen Reportern redet.

»Ich wusste, dass es unseren Leuten gelingen würde, die Molche aufzuspüren. Und sie haben es geschafft. Das ist eine enorme Erleichterung. Die Organisation arbeitet fantastisch und hat ein tolles Team. Ich möchte allen für ihre Hilfe danken …« Jaja, was auch immer.

»Bert«, sagt Mum, »du solltest schnellstmöglich bei der Arbeit anrufen und sagen, dass du bald zurück bist.«

»Das hat sich erledigt«, sagt Dad wegwerfend. »Kein Grund zur Panik. Ich habe sowieso einen neuen Job angeboten bekommen.«

»Von wem denn?«, fragt Mum.

»Von keinem Geringeren als Jay Bowman.« Dad strahlt.

»*Wem*?«, fragt Mum.

»Dem da.« Ich zeige auf den bärtigen, heruntergekommenen Typen, der mit der Presse redet.

Mum nimmt Jay Bowman genauestens in Augenschein. Ich denke, ich kann ohne zu übertreiben behaupten, dass sein Anblick auf sie nicht gerade vertrauenserweckend wirkt.

»Habe ich da gerade meinen Namen gehört?« Jay winkt uns lächelnd zu.

Automatisch lächelt Mum höflich und winkt zurück, aber ihr ist anzumerken, dass sie für dieses Projekt keine glorreiche Zukunft vorhersieht.

23. kapitel

»Okay«, sagt Tanya, als wir in der Mittagspause alle auf den bequemen Stühlen vor der Bibliothek sitzen. (Endlich ist mal wieder die ganze Truppe zu einem Comic-Meeting versammelt.)

»Wer stimmt dafür, dass das ultimative Elternhandbuch in der nächsten Ausgabe als separates Heft enthalten ist? Der sagt ›Juhu‹.«

»Oder hebt die Hand«, sagt Lewis. »So ist es einfacher.«

»Wir können auch mit Pfiffen abstimmen«, scherze ich. »Dann wird es richtig interessant.«

»Das reicht jetzt«, unterbricht Joshua. »Wer für ein separates Heft ist, hebt die Hand.«

Wir heben alle die Hände.

»Worum ging es noch mal bei der Abstimmung?«, frage ich lachend.

»Ich war dagegen, aber ich habe meine Meinung geändert«, erklärt Lewis.

»Großartig«, sage ich.

»Weiter zum nächsten Punkt«, sagt Tanya. Und dann führen wir wieder mal eine nicht enden wollende Debatte darüber, ob wir den Preis für den Comic erhöhen sollen. *Aaaah.* Es ist gut, dass alle wieder dabei sind. *Hmmm.*

Obwohl es mir irgendwie vorkommt, als hätten Lewis und ich ohne diese Clowns mehr zustande gekriegt. *Haha*, ich habe Tanya und Joshua in Gedanken gerade als Clowns bezeichnet und sie werden es nie erfahren. Ich kichere.

»Was ist denn?«, fragt Joshua.

»Ihr seid ein Haufen Clowns«, antworte ich zufrieden. Okay.

Nun haben sie es doch erfahren. »Aber das ist gut so«, sage ich, da sie mich ansehen, als hätte ich einen an der Klatsche. »Clowns sind witzig. Wir sind ein tolles, witziges Team.«

»Puh«, sagt Tanya, aber ich bin sicher, dass sie sich geschmeichelt fühlt.

Ich bin echt froh, dass wir alle wieder zusammen sind, denn Joshua, Tanya und ich haben schon angefangen, an der Fortsetzung des Elternhandbuchs zu arbeiten, dem Lehrerhandbuch. Es hat mich von meiner chaotischen Familie abgelenkt, mir dafür Sachen einfallen zu lassen.

Dad hat sich die verrückten Ideen noch nicht weggewaschen oder abrasiert. (Obwohl er sich natürlich rasiert und gewaschen hat und auch gar nicht mehr stinkt.) Er ist noch nicht wieder arbeiten gegangen.

Als ich nach der Schule heimkomme und über die bellende Lady steige, sehe ich, dass sie etwas angenagt hat. Überall liegen Schnipsel herum. *Oh neiiin.* Und das, nachdem wir uns solche Mühe gegeben haben. Immerhin ist es nur eine Gratiszeitung, die eh niemand liest.

Trotzdem muss ich jetzt das Beweismittel verschwinden lassen, bevor Mum Lady ausschimpfen kann. Ich überlege gerade, ob ich es vielleicht sogar ein paar Häuser weiter in den Müll werfe, weil Mum manchmal die Mülltonnen durchsieht, um zu kontrollieren, ob wir alles richtig getrennt haben. Da sticht mir in der Schlagzeile ein bekannter Name ins Auge.

»**Jay Bowman hat es wieder geschafft**«, lese ich. Häh?

Dann entdecke ich das Bild. *Ist das hier wirklich …?* Ganz sicher nicht. Ist dieser glatt rasierte, erfolgreich aussehende Mann identisch mit dem Jay Bowman, den ich kennengelernt habe, als er mit Dad auf einem Baum gelebt hat?

Ich lese weiter. »**Jay Bowman ist ein weiterer Sieg für seine Umweltschutzorganisation Green Fortis gelungen.**«

Wow. Steht da: *seine* Umweltschutzorganisation? Ich überfliege den Rest der Seite. »... ***Green Fortis* hat sich mit der Herstellung und dem Verkauf von Recyclingpapier und anderen nachhaltigen Produkten einen Namen gemacht ... wurde immer erfolgreicher ... expandierte in andere Branchen ... fair gehandelte Schokolade ... Elektro-Autos ... Naturschutz ... Gründer Jay Bowman sagt, er wäre überglücklich ...**« *Gründer.* Es ist seine Organisation!

Oh mein Gott, Dad hat von einem waschechten, erfolgreichen Umweltschützer einen Job angeboten bekommen. Er könnte also am Ende wirklich einen richtigen neuen Job haben! Einen, den er wirklich mag! Alles wird gut!

Ich streichle Lady. »Lady, du bist ein braver Hund. Du bist ein Genie. Zumindest ein halbes Genie.«

»Warum ist sie ein halbes Genie?«, fragt Ryan, der an mir vorbeigeht und glaubt, dass es so etwas wirklich gibt.

Ich versichere mich, dass Mum nicht in der Nähe ist, dann zeige ich Ryan die Zeitung. »Schnell, versteck sie«, sagt er erschrocken.

»Keine Sorge, ich werde sie bei Hausnummer 30 ins Altpapier werfen«, versichere ich. »Ich habe darin gesehen, dass Dad seinen neuen Job von einem ordentlichen Arbeitgeber angeboten bekommen hat. Wir werden also unser Haus nicht verlieren, wenn er von seiner jetzigen Firma unausweichlich die Kündigung kriegt, weil er sich so lange nicht bei der Arbeit hat blicken lassen.«

»Okay«, sagt Ryan, den meine Erkenntnis nicht allzu sehr zu beeindrucken scheint.

»Wenn Lady nicht auf allem herumkauen würde, hätte ich

das nicht zu sehen bekommen«, füge ich hinzu. »Darum ist sie ein Genie.«

»Aber sie wäre doch sicher nur dann ein Genie, wenn sie gewusst hatte, was in der Zeitschrift steht, oder?« Ryan kann meinen Gedankengang nicht nachvollziehen. »Aber das hat sie nicht.«

»Echt nicht, Ryan?«, frage ich und versuche, tiefgründig zu klingen. »Wer weiß …«

Ryan seufzt, als würde ich seine Zeit verschwenden. »Lady, kau trotzdem auf nichts mehr herum«, bittet er sie, während er sie streichelt.

Ladys Antwort darauf ist, dass sie sich auf den Rücken rollt, damit ihre Lakaien (wir) ihren Bauch streicheln können. Ryan kniet sich sofort hin, um ihrer Aufforderung nachzukommen.

»Siehst du?«, sage ich. »Ein Genie.«

»Hi, Jessica«, sagt Harriet VanDerk bei der nächsten Probe. Amelia und ich malen gerade die roten Blüten im Bühnenbild für das Mohnfeld aus. Wir erschrecken beide ein wenig, dass sie zu uns rübergekommen ist.

»Ähm, hi«, antworte ich. Das ist peinlich. Ich habe nicht mehr mit ihr geredet, seit sie versucht hat, mir Ärger einzubrocken, und dann behauptet hat, dass sie es verdient, unser aller Boss zu sein, weil sie der klügste Mensch der Welt ist.

»Ich, äh, wollte mich entschuldigen«, sagt Harriet. *Was?* Das sind ja ganz neue Töne. »Dafür, dass ich so gemein zu euch war, als wir am Bühnenbild gearbeitet haben.«

»Ähm.« Was soll ich sagen? Mir fällt als höfliche Antwort

nur ein: »Ähm, ja, das geht schon in Ordnung.« Geht es das? Geht es in Ordnung? Und überhaupt ist das so untypisch für Harriet.

»Ich schätze, dass ich in dieser Sache meine Führungsqualitäten nicht unter Beweis stellen konnte«, stellt sie klar. Okay, sie denkt immer noch, sie wäre der Chef gewesen. Das hört sich schon mehr nach Harriet an.

»Ich hatte eine aufschlussreiche Unterhaltung mit Mrs Cooper«, fährt Harriet fort. (Die arme Mrs Cooper.) »Und stellt euch vor, sie hat mir eine Broschüre über den Umgang mit Mitschülern gegeben.« (Eine *Broschüre*?) »Darum würde ich dir gerne sagen, dass du ziemlich gut zeichnen kannst, Jessica.« (Ziemlich gut? *Ziemlich*?) »Und ich würde in Zukunft gern wieder mit dir arbeiten.«

Ah, ich hab's verstanden, jetzt möchte sie im Umgang mit Mitschülern die Beste sein. Das ist ihre neue Herausforderung. Na ja, besser als nichts. Ganz schön schlau von Mrs Cooper, Harriets Ehrgeiz und Konkurrenzdenken in eine harmonische und produktive Richtung zu lenken, schätze ich.

»Okay, Harriet«, sage ich höflich. »Das klingt großartig.«

Harriet strahlt und wendet den Blick dann Amelia zu. »Und mit dir natürlich auch, Amelia«, fügt sie etwas widerstrebend hinzu.

Amelia sieht aus, als wollte sie etwas Gemeines sagen, doch mit einem Seitenblick zu mir meint sie: »Gut.« Auch ein bisschen widerstrebend.

»Toll!«, sagt Harriet. »Ich hatte ein paar Einfälle für die Szene, in der Schnee auf die Mohnblüten rieselt.« Kaum zu fassen, Harriet versucht sich in das Team zu integrieren.

24. kapitel

Also, wer hat zwei Daumen und besucht die Premiere eines Musicals, zu dem sie das Bühnenbild kreiert hat? *Die hier.* (Ihr könnt mich nicht sehen, aber ich zeige gerade auf mich selbst, mit beiden Daumen). Oh ja.

Das Bühnenbild sieht umwerfend aus. *Naturellement.* (Das ist Französisch und heißt *natürlich*, für alle, die es interessiert.) Soll heißen: Natürlich bin ich eine umwerfende Bühnenbildnerin. (Und trotzdem immer noch so bescheiden.)

Endlich ist der Augenblick der Wahrheit gekommen. Das Schulmusical! Wenn ich euch sagen würde, dass es echt gut läuft … dann würde ich maßlos untertreiben. Es ist phänomenal! (Was natürlich hauptsächlich am Bühnenbild liegt, aber ich schätze, die Schauspieler leisten auch einen *kleinen* Beitrag.) Haha.

Der Tanz, den wir allen beigebracht haben, ist grandios. Ein berauschender Abschluss und zudem eine große Überraschung für die Zuschauer. Da der Rest der Inszenierung mehr klassisch gehalten ist (mit dem einen oder anderen eingestreuten Gag), wirkt die moderne Nummer am Ende regelrecht elektrisierend.

Als die Musik einsetzt, stehen die Zuschauer sogar auf und klatschen im Takt dazu. Wir liefern alle einen perfekten Tanz ab. Tanya weiß genau, wie sie die Leute zum Lachen bringen kann. Die Zuschauer lieben ihren Auftritt. Ich bin sicher, es ist ihre Familie, die vor Begeisterung pfeift.

Am Ende bekommen wir stehende Ovationen vom Publikum, das zwar überwiegend aus unseren Eltern besteht, aber *trotzdem.* Es ist so ein großartiges Gefühl. Besonders für mich, denn ich habe noch nie vor Publikum getanzt, und das wird vermutlich auch nie wieder der Fall sein.

»Also, Kinder«, sagt Mum, als wir daheim aus dem Auto steigen und nachdem ich ausreichend gelobt worden bin.

»Es gibt etwas, das wir euch sagen müssen«, verkündet Dad.

»Oh ja, ich bin ganz Ohr«, sage ich. Ich bin immer noch berauscht von all dem Applaus.

»Ihr kennt ja den neuen Job eures Vaters«, sagt Mum. Aber klar, Dad hat den besten Job aller Zeiten. Es ist wirklich der beste Job, den jemals irgendjemand gehabt hat.

Dad arbeitet jetzt für *Green Fortis*, die grüne, nachhaltig arbeitende Firma mit ihrer eigenen Umweltschutzorganisation, die sich auf vielen Gebieten für nachhaltigere Lebensbedingungen starkmacht.

Ratet mal, was sie unter anderem herstellen? Schokolade! *Green Fortis* beteiligt sich an einem Fairtrade-Projekt, bei dem kein Boden zerstört wird und die Arbeiter faire Löhne bekommen.

Dafür bekommt Dad Gratisschokolade. Von seiner Firma. Er bringt von der Arbeit Unmengen kostenlose Bioschokolade nach Hause. Der einzige Job, der vielleicht noch besser sein könnte, wäre einer direkt in der Schokoladenfabrik.

Ich stehe voll und ganz hinter Dads mutiger Entscheidung, seine Träume zu verwirklichen, komme, was da wolle. Ich schätze, das ist die Lektion, die wir bei der Gelegenheit alle gelernt haben: Es lohnt sich am Ende immer, an sich zu glauben, und vielleicht gibt es obendrein noch kostenlose Schokolade für alle.

»Nun, zu dem Job gehört, dass man sein Leben ökologisch gestaltet«, erklärt Mum.

»Ja klar, wissen wir doch«, sage ich. »Wir lieben Bioschokolade. Von mir aus darf bei uns alles Bio sein.«

»Toll, ich wusste, dass ihr mitmachen würdet«, sagt Dad.

»Wir bekommen ein ökologisches Auto. Es wird heute Abend geliefert.« Während Dad das sagt, gehen wir zur Haustür und Mum holt ihren Schlüssel raus.

»Was ist ein ökologisches Auto?«, will ich wissen. (Doch nicht etwa ein Pferd? Ohne mich!)

»Ein Elektro-Auto«, sagt Dad.

»Cool, genau wie ein Raumfahrzeug!«, sagt Ryan.

In diesem Moment wird unser neues Auto bereits geliefert. So ein Elektro-Auto ist genial und eine gute Sache. Ich habe überhaupt kein Problem damit.

Allerdings ist das Auto neongrün. Es scheint fast zu leuchten. Auf der Seite steht in großer gelber Schrift ein Slogan. (Das Auto sieht aus wie eine Werbetafel für ein tropisches Fruchtgetränk.) Der Slogan lautet:

Das klingt nun wiederum, als ginge es um eine Musikrichtung, nicht um Umweltschutz. Als wäre Dad Mitglied einer Band aus den Achtzigerjahren.

Okay. Ich muss wohl meine Aussage, Dad hätte den besten Job aller Zeiten, etwas revidieren. Ich hätte ahnen müssen, dass es einen Haken geben würde. Verflixt!

Hmmm. Das ist womöglich das Allerletzte. Nicht unbedingt, aber es könnte schon sein.

ISBN 978-3-8458-0066-0

Jessica versteht die Welt nicht mehr:
Schon immer war sie ein Herz und eine Seele mit Natalie, ihrer allerallerbesten Freundin! Doch seit Amelia neu in ihre Schule gekommen ist, ist alles anders. Und Amelia ist eine richtige Zicke! Dann gründet sie auch noch zusammen mit Natalie eine geheime Bande, in der Jessica nicht Mitglied sein darf. Doch Jessica lässt sich das nicht gefallen und heckt einen genialen Plan aus …

Auch zu bestellen unter www.arsedition.de

schenken & erleben

ars≡dition

ISBN 978-3-8458-0623-5

Voll fies, was da abgeht! Dabei könnte alles so schön sein: Jessica hat sich mit ihrer besten Freundin Natalie wieder versöhnt und ist an ihrer Schule als Comiczeichnerin erfolgreich. Doch dann taucht Scarlett auf, und die ist echt die schlimmste Person unter der Sonne! Sie lässt keine Gelegenheit aus, um Jessica bloßzustellen. Und zu allem Überfluss zeichnet auch sie Comics – und das gar nicht mal schlecht. Aber Jessica weiß sich zu helfen …

Auch zu bestellen unter www.arsedition.de

schenken & erleben

arsEdition

Wir sind die Schatten,
schnell und schlau,
keiner sieht sie je genau.

Klara, Otto, Paule, Lina sind:

DIE SCHATTENBANDE!

Neugierig, flink und furchtlos sind sie immer da,
wo ein Verbrechen Aufklärung fordert …

ISBN 978-3-7607-9936-0

ISBN 978-3-8458-0358-6

ISBN 978-3-8458-0495-8

ISBN 978-3-8458-0604-4

ISBN 978-3-8458-0770-6

England, 1619: Die 12-jährige Alyss flieht nach London – ohne die geringste Ahnung, was sie dort erwartet! Sie findet sich in der düsteren Welt der Ganoven, Gaukler und Seefahrer wieder. Eine Welt, die der Taschendieb Jack sein Zuhause nennt: Sein flinker Griff in Alyss' Börse fügt die Schicksale der beiden zusammen. Doch kann Alyss einem Dieb vertrauen? Als sie in die Fänge skrupelloser Kinderhändler gerät, ist es ausgerechnet Jack, der ihre Spur aufnimmt.

Auch zu bestellen unter www.arsedition.de

schenken & erleben

ars≡dition